中ボス令嬢は、退場後の人生を謳歌する（予定）。2

JN118280

こ　る

K　O　R　U

一迅社文庫アイリス

CONTENTS

アーリエラ
公爵家の令嬢で、乙女ゲームのラスボス。異世界からの転生者であるため、ラスボスを回避しようと動いているが……。
ミュール
男爵家の養女で、乙女ゲームのヒロイン。異世界からの転生者であるため、ヒロインとして行動しがちで……。
中ボス令嬢は、退場後の人生を謳歌《おうか》する（予定）。
2
CHARACTER
Mid-Boss Lady wants to enjoy second life.2nd.
シーランド
侯爵家の子息で、レイミの元婚約者。乙女ゲームの攻略対象者の一人。
ビルクス
第二王子で、生徒会副会長。乙女ゲームの攻略対象者の一人。
カレンド
辺境伯家の子息で生徒会長。乙女ゲームのお邪魔キャラ。

バウディ
レイミの家の従者の青年。
ある日からレイミの中身が違う
ことに気づき、以降は麗美華として
接している。実は、隣国の王子で
乙女ゲームの攻略対象者
だったりする。
レイミ
とある事故により片足を失い、
乙女ゲームの中ボスになってしまう
運命にある伯爵令嬢。――だった
はずが、いつの間にか中身が社会人の
麗美華《れみか》になったことで、超前向き
思考の令嬢に変貌を遂げて
しまった。目指すは、
中ボスからの脱却！

イラストレーション◆Shabon

Mid-Boss Lady Wants to enjoy second life. 2nd.

中ボス令嬢は、退場後の人生を謳歌する（予定）。2

序章　不穏の到来

私、高満田麗美華《たかまんだれみか》が、右足を失ったうえに意に添わぬ婚約を強《し》いられて失意に陥《おちい》っていたレイミ・コングレードの体に宿り、(宿るという言葉が正しいのかはわからないけれど、彼女の体で突然私が目覚めたんだから、きっとそう間違ってはいないと思う) 肉体改造……もとい、母指導の身体強化の魔法と、我が家の従者であるバウディ指導の筋トレのお陰で、義足で自由に歩けるまでに回復することができた。

そしていま、魔法学校の制服を着替えてもいない私は、座っているベッドに片方の膝《ひざ》を乗り上げてきたバウディに見下ろされている。

私の頬の治療のために上着を脱いでベスト姿になった彼は、襟元を指で引いて軽く緩《ゆる》めた。もうそれだけで、私の心臓はバクバクと高鳴って金縛りにあったように動けなくなる。

見下ろしてくる彼の頬に濃い青の髪がはらりと落ち、澄んだ緑色の目がどんどん近づいてきて、堪《たま》らずに目を閉じた私の唇にチュッチュとリップ音をさせたキスが繰り返された。

「も、もうっ！」

ギブアップとばかりに彼の分厚い胸を押し返したのに抱きしめる力は強くなるばかりで、私は離れるのを諦《あきら》めて彼の胸にピタリとくっついた。

つい先程、車椅子に乗せられ大階段から落とされてしまうという、私レイミ・コングレードの進退が掛かった大事件のあった魔法学校から帰宅して、自室で従者の彼に腫《は》れた頬を手当してもらって——違うわね、ただの従者じゃなくて、つい今しがた彼の告白を受け入れたから、もう彼は従者ではなく恋人なのよね。

面映《おもは》ゆい気持ちで彼の腕に捕らわれる。

「ああ、可愛《かわい》い」

私を腕に囲い、満足そうに言う彼の魅力的な低い声に胸が跳ねた。

確かにレイミは黒髪ストレートでクール系の美少女だけど、きっと彼が言っているのは外見だけの話じゃないってわかるから。

「……物好きね」

憎まれ口を叩《たた》いた私に、彼がくくっと肩を揺らして笑う。

「あなたの可愛さを知ってるのが、私だけでよかったよ」

彼の腕の中で思わずムッとしてしまう。

どうせ私には友人がいないわよ！　レイミは片足を失ってから誰とも会わなくなって、友人は誰もいないし、私がレイミになってからも学校で積極的に友達作りをしていないから……かろうじて、魔法の実技で必ず組んでいるマーガレット様くらいかしら？

それも、学校を辞めてしまえば、彼女とも繋《つな》がりがなくなってしまうだろうけど。

彼の背中に腕を回して、ギュッと抱きしめ返す。

「お嬢？」

私を呼ぶ彼の声に、腕を緩めて顔を上げた。

「……私たち、付き合うのよね？　お嬢、って呼び方はどうなの？」

もっとこう、親しげに呼び合いたいじゃない。

「確かに、そうだな。では、名で呼んでいいか？」

私の言葉に破顔して、低い声で私だけに聞かせるように囁《ささや》いてくる。

ああもうっ！　無意味にいい声っ！

「ど、どうぞっ」

動揺する私に、喉の奥でくくっと笑った彼に「レイミ」と耳元で呼ばれて撃沈した。もう、絶対私が彼の声に弱いってことバレてるっ！

ギュウギュウに彼を抱きしめて、笑う彼の胸にグリグリとおでこを押しつける。

「市井《しせい》では親しい間柄だと、名前を略して呼ぶんだが――レイ、と呼んでもいいか？」

「いいわよ、私もディって呼ぶわ」

愛称で呼び合うのはいままでよりももっと近づいた気がして、なんだかとても嬉《うれ》しい。

ベッドに座った彼が、ひょいっと私を持ち上げて自分の膝の上に横抱きにした。もしかして、私が離れがたいと思ったのが伝わったのかしら。

「でも当分は、二人きりのときだけでもいい？　学校を退学処分されたことと、バウディと付き合うことを一度に伝えたら、お父様が倒れてしまうかもしれないもの」

我が家で一番温厚で人のいい父に心労を掛けたくなくて、そう願う。

「それはまったく否定できないな、まずは魔法学校のことを説明してから、少し間をあけて伝えたほうがいいだろう」

やっぱり彼もそう考えたんだ。

緑色の目を緩く細めて笑う彼の唇に視線が引き寄せられ、さっきまでキスを繰り返されていた気恥ずかしさもあってそっと視線を逸《そ》らした。

「どうした？　レイ」

私が照れていることなんてわかっているくせに！

「ど、どうもしないわよっ」

「そうか？　さて、名残惜《なごりお》しいが、そろそろ仕事に戻《もど》るかな」

立ち上がった彼と一緒に立ち上がると、屈《かが》んだ彼に触れるだけのキスを奪われた。更《さら》に頬を熱くした私が可愛いと言って顔中にキスを落としてから、彼は部屋を出ていく。

「ま……まさか、こんなに甘々になるなんて、予想外だったわ……っ」

ベッドに突っ伏してのたうち回ってしまっても、仕方ないわよねっ！

＊・＊・＊・・＊・・＊

そして私はいま、魔法学校を辞めることになったことを、両親へ報告するという大仕事に挑んでいた。

　冷やして多少腫れの引いてきた私の頬を見てオロオロする恰幅《かっぷく》のいい父を落ち着かせてから、魔法学校で起きたことをやんわりと、マイルドに、ざっくりと端折《はしょ》って説明した。

「――ということで、私は前期で魔法学校を辞めることになるはずです。それに伴いまして、シーランド・サーシェル様との婚約がなくなりました。本人がきっぱりと明言してくださいましたし、証人も多くおりますから、揺るがないと思います」

　むしろ婚約の解消が、一番の重要事項だったりもする。だって、この体の本当の持ち主であるレイミの悲願だもの！

「サーシェル様との婚約がなくなることは、おめでたいわね。ただ、レイミ、あなたわかっているの？　魔法学校を卒業しないということは、貴族としての籍がなくなるということですよ？　平民になる覚悟はあるのね？」

　呆然《ぼうぜん》としている父に代わり、長い睫毛《まつげ》が色っぽい細目の母が、いつものおっとりとした雰囲気を消して私に詰め寄る。

　母としてもヤツとの婚約解消は大賛成なのね、おめでたいと言ってもらえて安心した。

　レイミが右足を失った原因で、そのうえ責任を取るなんていうのは建前の婚約まで家格を笠《かさ》に着て強引に結んできた最悪なシーランド・サーシェルだものね。

　だけど、学校を卒業しないということには難色を示されてしまった。

　確かに貴族ではなくなるけれども、メリットはあるのよ。だって、貴族は自由に魔法を使ってはいけないって決まりがあるけれど、平民になってしまえばそれがなくなるのよ！　なんと魔法が使い放題！　そりゃあ貴族は、有事の際に民を守るために魔力を常日頃温存しなくてはならないっていう理屈はわかるけれどね。魔力を消費しない強化魔法以外の魔法が一切駄目なんて、厳しすぎるわよ。

学校に未練がないとは言わないわ、まだまだ学ぶことはあるし、マーガレット様という友人もできたし。

でも学校に戻ってしまえば、この世界はゲームの世界で自分は日本からの転生者で精神魔法を操るようになるラスボスだという公爵令嬢のアーリエラ様と、同じく転生者で中和魔法が使えるヒロインのミュール様に狙われる生活が続きそう、ということでもあるのよね。箍《たが》が外れたような彼女たちの側《そば》にいることは、ちょっとどころではなく怖いものがある。

「承知しております。お父様、お母様には申し訳ありませんが、貴族でなくなることを、私は後悔しておりません」

「私たちのことはいいのよ、あなたが後悔しないのならばそれで」

真《ま》っ直《す》ぐに私を見る母を見返して、力強く頷《うなず》く。

「大丈夫です、後悔はしません」

「ならばいいでしょう。ね、あなた？」

母に話を振られて、父は小刻みに頷いて私をしっかりと見た。

「ああ、勿論《もちろん》だ。レイミが決めたことならば、親として認め、支えよう」

きっぱりと言い切った父の覚悟に、胸を打たれてしまう。

いつもは少し頼りない父なのに、いまはとても頼もしい。

「ありがとうございます、お父様、お母様」

心からの言葉に、両親は私を安心させるように微笑《ほほえ》んでくれた。

ホッと一息吐くと、父がポンと手を打って話題を変える。

「ああ、そういえば、ボンドが新しい義足の問題点が解消されたから、一度工房に来てほしいと言っていたよ」

父の言葉に思わず目が輝いてしまった、だってとうとうロマンの産物を実装できるのよ！

前回の打ち合わせで、次には完成だってボンドが言っていたもの。

「では早速、これから行ってまいります！」

ボンド特製の杖《つえ》をついて、元気に立ち上がる。本当はもう杖なしで歩くこともできるんだけれど、この杖は歩行の補助だけでなく魔法の杖でもあるので手放せない。

「お待ちなさい、その顔で外を歩くつもりですか？　そもそも、こんな時間から外出など、いけませんよ」

母の笑顔が怖い。

確かに貴族の娘が頬を腫らして外を歩くのはちょっとよくないかもしれないし、外に出る時間でもない。

でも早く新しい義足が欲しいの！　凄《すご》いのよ、三段ロッド内蔵の義足だもの！　ロッドはグリップにもこだわっているし、先端を捻《ひね》って伸縮させるのもとてもスムーズだし、ちゃんと特殊警棒らしくスライドさせて広げられる鍔《つば》もついているの。

ああ、早く手にしたい！

「お嬢、明日ボンドをこちらに呼んできましょう」

バウディの提案が父によって採用となり、私はおとなしく家で待つことになった。


翌日の午前中、意気揚々とやってきた魔道具技師のボンドが、私の顔を見て吹き出した。

彼はドワーフ族という種族で、身長は低めで体はがっしり筋肉質、全体的に毛量が多くて髭《ひげ》で顔がほぼ見えないが、笑っていることはわかる。

「いやぁ、見事な腫れっぷりだな！」

「ボンド、第一声がそれなのはどうかしら？」

まだ腫れの残る顔のまま笑顔で小首を傾《かし》げると、なにか危険を察知したのかボンドは慌《あわ》てて笑いを引っ込めて鞄《かばん》を出してきた。

因《ちな》みに父は仕事で、母はご友人と少人数のお茶会だそうで、我が家のたった一人の侍女であるボラも母の付き添いとしてついて行っている。だからここにはボンドと私とバウディしかいない。

「すまんすまん！　まぁ、これでも見て、機嫌を直してくれや」

ボンドが鞄の蓋《ふた》を開けると、そこにはいま使っている義足と同じような義足があった。

義足って貴族は使わないものらしいんだけれど、私が無理を言って作ってもらったのよね。こんなに足に似せた高性能なものはボンドもはじめてだって、魔道具ではないのに大いに乗り気で製作してくれている。

新しく作ってもらった義足は、いま使っているものと外見はほとんど一緒。だけど、義足の中央に武器として三段ロッドが収納してあり、平常ではそれを芯《しん》としているので、武器を取ってしまえば強度が一気に落ちてしまうという欠点がある、だから義足への強化魔法が必須という、使用者を選ぶ代物《しろもの》となっている。

新しい義足を自室でいそいそと着けて、二人の待つ部屋に戻る。

当初は武器を内蔵していることをバウディに内緒にしていたけれど、ボンドとの打ち合わせの折にバレてしまってからは、もう堂々としたものだ。

「こちらのほうが重さはあるけれど、安定性はいい感じね」

「最低限の強度を出すのに、ちぃと重い素材を使ってるから、どうしても重くなっちまう。その分安定したっちゅうのは幸運な偶然だな」

杖をつきつつ新しい義足で軽く歩き回ってから、ボンドに指示されて椅子に座り、改良していた収納部の開閉の仕方について教わった。

言われた手順で義足を開いて中からロッドを取り出し、すぐに元に戻すという動作を数回繰り返してから、取り出したロッドを伸ばした。

ロッドの先端を捻って伸ばし、グリップの上についている小さな鍔をスライドさせて広げる。

そうそう、これこれ！　この硬質な質感と重さがとてもいいわ。

「素敵だわ、前に調整したときよりも滑《なめ》らかに伸びるし、握りも手に馴染《なじ》むわ！」

「そうじゃろう、そうじゃろう！　改良に改良を重ねたからの」

薄めに滑り止めの貼られたグリップをしっかりと握りしめ、その手触りに感動すると、ボンドが胸を張る。

「よしよし、大丈夫そうじゃの。バウディに試し斬り、じゃねぇか、試し殴りもしてもらってあるから、強度も問題ないはずじゃ。ただ義足のほうにひとつ問題があってな、こいつはなかなか繊細で、毎日の整備が欠かせないんじゃよ」

「整備の方法は私が教えていただいておりますので、問題ありません」

いつの間に、性能試験に参加していたのかしら？　それに整備の仕方まで伝授済みとは！

私よりもボンドとバウディのほうが楽しんでいる気がするのは、私の気のせいかしら？

「ありがとう。とても素晴らしい仕上がりだわ」

「なに、こっちも面白い機構を作れてよかったさ。他の物にも応用できそうじゃしな」

笑顔でそう言ったボンドだったが、不意に表情を改めて、声を潜《ひそ》めてきた。

「ところでよ、お宅ん家《ち》の旦那、なにかやらかしたのかい？　仕事仲間から、お宅との取り引きをやめたほうがいいって言われたんだけどよ」

「ええっ⁉　どうして？　ウチはなにもしてないわよっ！」

思わず食ってかかった私に、ボンドは頭を掻《か》いて首を捻る。

「そうだろうなぁ。あの旦那が悪さなんて、できるわきゃぁないしなぁ」

そのボンドの問いかけが、我が家の危機を知る最初の出来事だった。

第一章　コングレード家の危機

「奥様、料理人のカードが、食材が届かないと申しているのですが」

お茶会から帰ってきた母に私の新しい義足を披露していると、申し訳なさそうにボラが伝えにきた。

彼女の言葉に、母と顔を見合わせる。

ボンドから聞いた話は既《すで》に母に伝えてあるので、私たちはこのことかと頷《うなず》き合う。

そういえば、今日のご飯はいつもと違い、パンではなく薄く焼いたクレープのようなものだった。美味《おい》しかったから気にしてなかったけれど、我が家の食卓に上がったことのない庶民の軽食的な料理で、よく考えればおかしなことだった。

「ボンドが言っていたのは、こういうことだったのね、困ったわ」

母が細い目を更《さら》に細くして、憂いの表情で溜《た》め息を吐く。

今日ボンドが帰り際に教えてくれたのは、貴族御用達《ごようたし》の店にコングレード家との取り引きを止めるよう内々の指示が回っているということについてだった。

ボンドの店は貴族御用達ではないが、ボンドが我が家と親しくしていることを知っている仲間内から話が回ってきたらしい。きっとボンドを心配してのことだろう。

その指示がどこから出ているのかまではボンドもわからないようだったが、タイミング的に十中八九、公爵令嬢であるアーリエラ様絡《がら》みだろうと予想できる。

彼女からもらった、例のゲームの内容が書かれている薄いノートの中にも、ゲームの後半でヒロインちゃんの家に対して物流を止めるといった記述があったもの。個人宅の物流を止めるなんて、ゲームならそんなこともあるのかもしれないけど、まさか本当にできるとは思わなかったわよ。

流通を妨害できる力を、たかがひとつの家のために使うなんて本来あり得ないわ。だって、我が家を潰《つぶ》したところで、ブレヒスト公爵家には利益がないもの。

それにしても……。娘の私怨《しえん》で社会を動かす、その程度の度量なのだろうかブレヒスト公爵というのは。

「私が買い出しに行ってまいります。配達は止まったとしても、店で買うことはできるでしょうから」

バウディの言葉に、母が頷いた。

「申し訳ないけれど、お願いするわね。それにしても、どうしてこんなことに……」

悩む母の呟《つぶや》きに、私はバウディと視線を交わす。

彼も私と同じ予想をしているのだろうけれど、そのことは口にしない。

「そうなると、私のレースも卸《おろ》せないかもしれないわね」

母が傍《かたわ》らに置いてあるレース編みが入ったかごを見つめ、物憂《ものう》げに溜め息を吐く。

母が毎日、身体強化を存分に使って作り上げるレース編みはひとつのブランドになるほど需要があるのに、それがストップするなんてあるのかしら？

「奥様、食料と衣料は別ですよ。決めつけずに、ともかく店に行ってみましょう」

ボラの言葉に励まされた母は、ボラと二人でレースを納品しに町へ向かった。

バウディも食料を買い出しに家を出る。

三人を見送って、私一人が部屋に残った。

「私だけ、やれることがないわね……」

義足だからではなくて、まだ子供だからかしら……。杖《つえ》をついて自室に戻《もど》り、机に座って天板にぺったりと伏した。

自分だけ行動できないというのが、とても歯がゆい。

ふと視界に、アーリエラ様からもらった立派な表紙の薄いノートが目に入った。

手を伸ばしてパラパラとページを捲《めく》ると、彼女直筆のそのノートにはゲームの内容がびっしりと書かれている。

そうあれは――私がレイミの体に宿ったある日、『日本からの転生者』だと言う公爵令嬢アーリエラ様に突然呼び出され、ここがゲームの世界であるのだと伝えられて、この彼女のゲームの記憶を記した立派な装丁の薄いノートを渡されたのよね。

金の巻き毛の正統派美少女である彼女の言うところでは、彼女は『悪のラスボス』で、ストレートの黒髪でクール系美少女である私は『悪の中ボス』であるということ、そしてゲーム内では二人共悲惨な死を遂げるということだった。

そんな理不尽な運命を受け入れなければならない道理などない！　未来がわかっているのならば、それを変えることもできるはず！

ゲームの中ではラスボスという立場であるアーリエラ様も、当初はラスボスになるのは嫌だと言っていたので安心していたんだけど。

魔法学校に入学してからはじまるそのゲームで、アーリエラ様と同じく『日本からの転生者』でありヒロインに位置する、奔放《ほんぽう》でちょっとお馬鹿な女生徒ミュール・ハーティ様と出会ってから。どんな心境の変化があったのか、アーリエラ様は彼女と共謀してゲームのストーリーに添うように私を車椅子に乗せて魔法学校の大階段から突き落とした。

しかしそのとき、我が家の従者であり、実はわけあって隣国を出奔《しゅっぽん》した王子であるバウディが、颯爽《さっそう》と私の危機を助けてくれたのよね。彼もまたゲームの登場人物で、ゲームのストーリーによってはミュール様と恋仲になるという立ち位置だったけれど、そんな気配は一切ない。

私はミュール様とアーリエラ様に少々お灸《きゅう》を据えて、予《かね》てから予定していた通りに、大階段のひと騒動により魔法学校を退学するという力業でゲームから退場した。

アーリエラ様がくれたノートの内容は、恋愛パートが八割くらい、残りはメインのストーリーとして魔法学校やこの国で起こる災害や事件について書かれているんだけど。大きな事件は私が学校を退学してからだから、ヒロインちゃんが自分の能力に覚醒してからが物語の本番なんだろう。

つまり、中ボス的なレイミの存在は、このゲーム序章のエッセンスに過ぎなかったわけだ。

本当はこれをくれたアーリエラ様も、本気でゲームから逃れたがっていたはずなのよ。

それがどうしてゲームのストーリーに添って、私を大階段から突き落とすヒロインちゃんに手を貸すようになってしまったのかしら。

彼女、妙にゲームに固執するところがあるから、私をゲーム通りに退学にしてストーリーを進めたかったとか？

ペラペラとノートを捲りながら、溜め息が出てしまう。

「うーん……考えてもきりがないけれど、すっきりしないわね。それにしても――この内容って、まるで予言書みたい……よね？」

ガバッと体を起こし、猛然とノートを捲る。

「そうだわ、予言書なのよ！」

ヒロインちゃんと攻略対象者の男子とのラブラブがメインに書かれていて読みにくいけれど、確かにこれは予言書たり得る内容だわ。

最悪の場合、このノートを出すところに出せばいいのよ！　もう起きた出来事もあるんだから、信じてもらえるかもしれないじゃない。

「そうすれば、あの二人が危険人物認定されて、こっちの安全が確保できるかも！」

私は猛然とノートの内容を新しいノートに書き写す作業をはじめた。

勉強する以上に熱心にノートを写していると、母とボラそしてバウディが帰ってきたので、手を止めて玄関に向かった。

「いつも使っている食料品店では売ってもらえませんでしたが、平民が使うほうの食料品店では問題なく購入できました。面が割れてないせいもあるかもしれません」

バウディは報告してから、買ってきた食料を料理人の元に運んでいく。

母は大きなつばの付いた帽子をボラに預けながら、物憂げに溜め息を吐き出した。

「私のほうも、いつも卸している貴族街のお店は駄目。糸の購入も止められてしまったわ」

隣でボラがへの字にしていた口を開く。

「どこか、高位の貴族が圧力を掛けてるようですね。店主も本当に申し訳なさそうに対応してくださいましたが、それなら少しぐらい融通してくれたっていいでしょうに。いつも贔屓《ひいき》にしているのに、情けない！」

「仕方ありませんよ、上位の貴族に睨《にら》まれてしまえば、お店を潰されてしまうかもしれませんもの。そんなことになれば、お店で働いている人々も困ってしまうでしょう」

私の魔法学校での行動が我が家のこの現状を招いている自覚があるだけに、申し訳なさでいたたまれない。

「問題はね、こんなことを平気でする、その高位貴族ですよ。貴族としての地位を、私欲のために使うなんて。貴族の風上にも置けませんわね」

母の細い目が光った気がした。

「ボラ、手紙を書きますから、あの方に届けてもらえるかしら？」

「ご友人様にですか？」

意味深に表情を明るくしたボラの問いかけに、母はとてもいい笑顔で頷く。

「ええ、親友にね」

その言葉に、ボラも訳知り顔で頷いた。二人が思わせぶりにしている母の親友って、一体誰なのかしら？　『あの方』と言っているから、きっと我が家よりも身分の高い方なのだろうけれど。

母が手紙を書きに部屋に下がったので、私も薄いノートを写すために部屋に戻る。

筋トレの成果か、体力がついたことで集中できる時間も長くなっていて、思ったよりも早く書き上がり、写し間違いがないか確認しているところで部屋のドアがノックされた。

「お嬢、魔法学校の生徒会からの使者が、手紙を持ってきたぞ」

「使者が、手紙？　ということは、返事を急ぐということね」

バウディから手紙を受け取り、すぐに開いて中を確認する。

「明日、あの日の件について聞き取りをしたいそうよ。生徒会の方が三名いらっしゃるわ」

「思ったよりも早く動きましたね」

驚いた様子のない彼に、予想していたのだとわかる。

私はてっきり、退学について確認するために魔法学校の先生が来ると思っていたから、生徒会から打診が来て驚いたわ。

とにかく返事を急がなければならないので、母の許可を取ってから使者に了承する旨《むね》の伝言を伝えた。

「バウディ、相談があるのだけれど、いいかしら?」

使者を見送ってから彼を部屋に呼び、机に出してあったアーリエラ様の薄いノートを手に取った。

私が手にしているものを見て、彼が目を細める。

「あなたが許可してくれるなら、これを然《しか》るべきところに渡そうかと思うの。あなたの出自が書かれた部分を塗りつぶすことも考えたけれど……それをしてしまえば、信頼は得られないと思う。だから、あなたが嫌なら、渡すのはやめるわ」

真《ま》っ直《す》ぐに彼の目を見て言った私に、彼は口元を緩めた。

「どうぞ、あなたのよいようにお使いください」

あっさりと許可してくれた彼に、安堵《あんど》する。

このノートの中にはバウディの出自だけではなく、この国に起こる災害や、公爵家が引き起こす大スキャンダルも書かれている。

恋愛パートに無駄《むだ》にページが割《さ》かれているので、そういった重要な内容はさらっとしか書かれていないけれど、多少なりとも事前にわかっていれば対処できることも多いはず。

これから起こる災害を知っているのに、我が身可愛《かわい》さで口をつぐんで、多くの人々の命を危険にさらすのは心苦しい、なによりコレがあればアーリエラ様のやっていることを暴露できるのよ！　我が家の食料を止め、母を悲しませた罪は重いわよ！

「ありがとう、ディ」
「どういたしまして」

ホッとして見上げた頬に唇が落とされてビックリしたら、その隙《すき》をついて唇も掠《かす》め取られてしまった。にんまりと笑った彼の顔を見て、緊張していた体から力が抜けた。

彼は力の抜けた私の手を取ってベッドに座らせると、手を繋《つな》いだまま隣に座る。

「それにしても、聞き取りってどんなことを聞かれるのかしらね」
「状況の確認じゃないか？　あの場はアーリエラ嬢の精神魔法に支配されてはいたが、精神力が強ければ掛かることがない程度のものだ。ちゃんと聞き取りをしたなら、まともな報告をしている人はいるだろう」

精神魔法というのは、二百年前に貴族に妻を奪われ無念の死を遂げた碧霊《へきれい》族の青年の怨讐《えんしゅう》によりアーリエラ様が使えるようになった特殊な魔法で、その名の通り人の精神に直接作用する危険な魔法だ。

その魔法に対抗できるのが、ヒロインちゃんであるミュール様の血統魔法である『中和魔法』なのよね、外に向けて発動した魔法にはなんの効力もないけれど、内的な精神魔法とか身体を強化する魔法だとかを中和して消してしまうというレアな魔法なんだけれど。アーリエラ様は天真爛漫《てんしんらんまん》な彼女を毛嫌いしていたから、まさかあの二人がタッグを組んで私を陥《おとしい》れてく

ると は思わなかったわ。

それはいいとしてアーリエラ様の精神魔法は、精神力が強ければ掛からない程度なのだと言った彼を、思わずまじまじと見てしまった。

「心がしっかりしていれば、掛からないの?」

「騎士などであれば、間違いなく大丈夫だろう。現にレイも掛かってないじゃないか」

断言した彼に、確かに私には影響がなかったことを思い出す、それにシーランド・サーシェルと一緒にいた騎士志望と思《おぼ》しき生徒は、冷静にシーランド・サーシェルを止めようとしていたっけ。

「なるほど、シーランド・サーシェルが、まんまとアーリエラ様の精神魔法の餌食《えじき》になったということは、そういうことなのね?」

「あれは、未熟すぎるからな」

彼の苦々しい声に、笑ってしまう。

「確かに、未熟だったわね。ああ、本当に婚約が解消されてよかったわ。まだ、口頭で言われただけだけれど、あの様子なら、すぐに正式に連絡がくるわよね?」

「だといいが……」

考えるような彼の顔に、なにかあるのかと身構えてしまったけれど、その日の夕暮れ我が家に届いた一通の手紙でそれが杞憂《きゆう》だったと安心する。

＊・＊・＊・・＊・・＊

サーシェル家の家紋が入った手紙を読んだ父が、苦々しく嘆息した。

「――くっ。我がコングレード家の瑕疵《かし》により、婚約を取り消すという一方的な通知だ」

温厚な父が、厳しい顔で吐き捨てる。

サーシェル家の家紋の入った封筒で内容は想像していたけれど、こちらの瑕疵という文言を堂々と使うなんて。……でも、婚約がなくなるなら、多少の言い回しには目を瞑《つむ》るしかないのかしら。

「内容はともかくとして、よかったわね、レイミ」

母も内容については納得はしていないようだけれど、これで縁が切れるのが嬉《うれ》しいというのは同感らしい。

「はい、とても嬉しいです。でも、こちらの瑕疵と書いてあるということは、向こうからなにか賠償を求められるのでしょうか？」

心配になって父に尋《たず》ねると、そういったことは書かれていないし、事実上口約束しかしていない婚約なのだから、賠償などないだろうということだった。

「向こうから一方的に決めて、こんな手紙で一方的に解消するなんて、馬鹿にしているにも程がある。本来ならば、当主が直々《じきじき》に出向いて交わすものなのにだ。だから、こちらから抗議してもおかしくはないんだよ」

父は私が思うよりもずっと、怒っているようだ。

私を思ってくれての言葉に、胸が温かくなる。

「そのような手間を掛けるだけ、労力が勿体《もったい》ないです。こちらからも、喜んで了承する旨をお返事いたしましょう」

「わかったよ、レイミがそれでいいなら、そう返答しよう」

笑顔で提案すれば、渋々《しぶしぶ》と承諾《しょうだく》された。

少し拗《す》ねているような父が可愛い。

「どのみち、私が魔法学校を辞めることになれば、婚約はなかったことになるでしょうけれど」

私がそう言うと、父は困ったような顔になる。

「婚約解消の件はそれで進めるとして。明日、魔法学校の生徒会の子たちが来るなら、退学云々《うんぬん》というのも、まだ確定ではないんじゃないかな」

「そうですわね。退学処分というのは、滅多矢鱈《めったやたら》にあるものではありませんもの、十年に一度いるかいないかと聞いたこともありますしね」

父と母の言葉に、そういうものなのかと冷や汗が出た。

万が一、退学が叶《かな》わなかったとしたら……最終手段として、登校するのを止めてしまおうか。

いやそうすると、間違いなく両親が心配する。

自主退学という制度がないのが、ネックよね。

ううむ……辞められなかった場合のことなんて、考えていなかったわ。

もしも、今後も学校に通うとなったら、アーリエラ様とミュール様との縁がまだ続くということ……。

後期からがゲームの本領で、精神魔法を駆使してアーリエラ様がミュール様を陥れ、ミュール様は中和魔法を段々と覚えて対抗していく。そしてそのミュール様を支えるのが、攻略対象者と呼ばれる男性陣だ。

今後の流れとしては、魔法学校七不思議の肝試《きもだめ》しやら、アーリエラ様が実家である公爵家の力を使ってミュール様の家に圧力を掛けたりだとか、王都の物流を牛耳《ぎゅうじ》ったうえにこっそり軍事力を保有したりだとか、表立っては動かないものの陰でこの国を支配して第二王子殿下を王様にしようとしていたりとか、その一連の出来事の黒幕としてアーリエラ様が噛《か》んでいるという内容で――。

学校自体は好きなのよ。マーガレット様と一緒に魔法の実技をするのは楽しいし、他の授業も興味深いものばかりで後ろ髪は引かれるけれども。正直いって、それよりもアーリエラ様とミュール様がやらかすことに巻き込まれるのが恐ろしいのよ。

ズーンと落ち込んだ私に、父が慌《あわ》てる。

「ま、まぁ、そう慌てて結論を出す必要はないだろう。若いのだから、ゆっくり考えて。ああそうだ！　一度、羽を伸ばして旅行をするのもいいんじゃないか？　旅で得る経験というのも大切なものだよ。私も若い頃は、色々旅をしたけれど、本当にいいものだよ」

旅行！　父の言葉に思わず目が輝く。

旅行好きというわけではないけれど、この世界を旅して、見聞を広げるのはありだと思うのよね。ほら、まだピッチピチの十五歳なわけだし、将来は無限に広がっているもの！

＊・＊・＊・・＊・・＊

翌日、生徒会の三人が我が家を訪れた。

深緑の髪色に眼鏡が似合う辺境伯家の三男であるカレンド生徒会長と、焦げ茶の髪をきっちり撫《な》で付けたクールな顔立ちの現宰相の孫で会計をしているベルイド様、そして濃い金色の髪をしたこれぞ王子様という甘いマスクの第二王子であり副会長のビルクス殿下。

魔法学校の制服をビシッと着た凜々しい三人の他に護衛が二人来ており、家の前に一人と部屋の外に一人立っている。

護衛がぱっと見で護衛だとわからない服装なのは、生徒会絡みの仕事だからだろう。

まさか我が家に王族がいらっしゃるなんてね……。父がいたら、きっとパニックになっていたんじゃないかしら、仕事でよかったわ。

アーリエラ様の婚約者となるはずの殿下はもとより、カレンド先輩とベルイド様も殿下に負けない存在感がある。普通の女子生徒なら、彼ら三人に一人で対峙《たいじ》することになったら、圧倒されて萎縮《いしゅく》してしまうわよ。

私はアーリエラ様からいただいた原本——写しじゃなくて、立派な表紙の薄いノートを手に、母と並んで彼らを出迎えた。

それにしても、生徒会が来るとは書いてあったけれど、まさかトップスリーが来るとは思わなかったわ。

「急な訪問で、申し訳ありません」

カレンド会長が代表して母に挨拶《あいさつ》をする。

「ようこそおいでくださいました、娘から話は聞いております」

予《あらかじ》め母には生徒会の人たちとサシで話したいと伝えてあったので、挨拶だけで部屋を出ようとしたところを、ビルクス殿下が呼び止めた。

「コングレード夫人、母から手紙を預かっているのですが」

第二王子殿下の……母？

「あらまぁ、王子殿下に届け人をさせてしまいましたわね。ありがたく、頂戴《ちょうだい》いたします」

母はフツーに手紙を受け取り、殿下にお礼を言っている。だけどその手紙って、王妃殿下からよね？

もしかして、母の親友って王妃殿下なの？　いやいや、まさかね？　だってうちはしがない役人の家よ？　母はもの凄《すご》く編み物の腕はいいけれど、普通の貴族の奥さんよ？　魔力の操作に関しては、少々スパルタだけど普通のお母さんよ？

「母が、返事を欲しいと言っていたのですが」

殿下が申し訳なさそうに伝えると、母はニッコリと微笑《ほほえ》んだ。

「あら、それでは、お帰りの際に、お手紙をお願いしてもよろしいかしら？」

よろしくないわよね？　王子殿下を使いっ走りにするって、よろしくないわよね？

笑顔で不敬なことを言う母に、王子殿下も笑顔で応対してくれる。

「はい、承知いたしました」

承知いたしましたって、引き受けていいの？　いいものなの!?

母の親友が王妃殿下とか……もしかして母って凄い人なのかも。あとで詳《くわ》しいことを聞いてみよう。

母が退席して、三人と向き合う。

私は一応貴族のご令嬢なので、従者であるバウディも同席して私のうしろに立っている。本来なら女性の使用人がつくものだけど、バウディは当事者でもあるのでね。

ボラがお茶を出して部屋を出るのを待ってから、ビルクス殿下が口を開いた。

「はじめまして、コングレード嬢。驚かせてしまいましたね、この制服を着ているあいだは、ただの学生ですから、お気になさらずに気楽に接してください」

「は、はい、ありがとうございます」

笑顔で答えたけれど。ない！　ない！　気楽になんてできるわけないわよっ。超ＶＩＰ、普通なら一生会話する機会なんてない相手なのよ。

それに護衛の数だって二人なんて少なすぎない？　我が家で万が一なんて起こったら、……ううっ、考えたら胃が痛いわ。

「レイミ嬢、彼は身を守る魔道具でガチガチに固めているから、身の危険について心配する必要はない。そちらについては安心してくれ」

私の笑顔が引き攣《つ》っていたのか、カレンド先輩がそうフォローしてくれたので少し安心した。

そしてベルイド様が、なにを考えているのかわからない顔で話を進めだした。

「急な訪問で申し訳ない、コングレード嬢。先日の件についての聞き取りをさせていただきたいのだ」

やっと本題に入り、ちょっとホッとする。

「その聞き取りというのは。生徒会としてのものでしょうか？　それとも、魔法学校としてのものでしょうか？」

学校で起こった事故なんだから、普通は学校側で調査をするものよね。先生ではなくて生徒会が来るということは、もしかすると生徒の権限のほうが強かったりするのだろうか。

「生徒会として、かな。実は我々は以前、偶然、不穏な会話を耳にすることがあってね」

ビルクス殿下が含みのあることを言う。

不穏の心当たりといえば……アーリエラ様の精神魔法はピカイチに不穏だし、彼女たちに他の世界の記憶があるとか、ゲームのこととか、ミュール様の中和魔法も不穏といえば不穏よね……色々あるけれど、どれのことかしら。

「実はあの日の前日に、生徒会室にいた我々は、数名の生徒が密談しているのを聞いていてね――」

校舎裏に面した二階に、生徒会室があるという。言われてみれば……建物の位置関係としては、確かにそうだわ。

生徒会室は不思議と周囲の声を拾うらしく、校舎裏での会話が筒抜《つつぬ》けなのだとベルイド様が教えてくれた。

「前期が終わる前日。校舎裏にはミュール・ハーティ嬢と、シーランド・サーシェルの二名がいた。そして、ハーティ嬢がサーシェルに、車椅子に乗ったあなたを階段から突き落とすように、唆《そそのか》していたんだ」

ミュール様ったら、学校の構内で堂々とそんな計画を喋《しゃべ》っちゃ駄目だろう。

「会話を聞きはしたが、我々の誰もが、まさか本当に実行するとは思っていなかった……。君は車椅子ではないし――いや、それは言い訳だな。本当にすまない。本来ならば、先んじて制することができたのに」

カレンド先輩が悔しげに謝罪してくれるけれど、知っていたのは私も同じなので、なんだか申し訳ないから悔やまないでほしい。

そう言おうとしたときに、ベルイド様が話を続けた。

「それだけではない。サーシェルがいなくなると、今度はアーリエラ・ブレヒスト嬢が出てきた。そしてブレヒスト嬢とハーティ嬢は禁術といえる魔法について話していたんだ」

ああなるほど、ミュール様とアーリエラ様が学校で精神魔法について話しているのを聞いたわけだ、それは不穏だわ。

あれ？　……私もあそこでアーリエラ様とお話ししていたことがあるけれど、もしかしてそれも聞かれていたのかしら？　確か、ミュール様がアーリエラ様の教室に突撃しにくるから、どうにかしてと頼まれただけだったわよね、当たり障《さわ》りはないからセーフよね？

「この話について驚かないということは、心当たりはあるようですね」

ベルイド様がしっかりと私を見て言った。

「そうですね、驚きはしません。私は既に、ミュール・ハーティ様に階段から落とされ、アーリエラ様が精神魔法を習得したことを知っておりますから」

ところで、アーリエラ様と第二王子殿下は婚約の話が出ているのよね？　なのに、淡々とこんな話をしていいのかしら？

思わずビルクス殿下を見たが、彼の表情にはなんの陰りもなかった。

婚約者が、禁術を使っていたことを知ったのに？　私の疑問が顔に出ていたのか、彼は緩《ゆる》く微笑む。

「ああ、もしかして、私がアーリエラ嬢と婚約する話があったことを知っているのかな？　私のことは気にしなくていいよ、彼女との婚約はまだ内々のものだったから」

至極《しごく》あっさりと言う。

婚約の話はあったけれど、婚約してるわけじゃないからオーケーってことね。

「彼らの密談を聞いてから、すぐに禁書庫を確認したが、確かにあるべきものがなくなっていた。手のものに探らせて、彼女がその本を持っていることも既に掴《つか》んでいる」

仕事が速いわね、ビルクス殿下。

でも、ちょっと待てよ？　個人的な持ち物なんか把握できたりするもの？　まさかスパイを送り込んだのかしら？　それとも……公爵家に日常的にスパイを潜《ひそ》ませているとか？

物騒な推測が外れていることを祈っておこう、きっとうっかり者なアーリエラ様が校舎裏で口を滑らせただけよね。

「多少怠惰《たいだ》なだけのただの令嬢であれば、許容もできたが。出してはならぬものに手を出すという、理性の欠如《けつじょ》を看過《かんか》するわけにはいかないからね」

穏やかな声でそう断言した彼は、やはり立派に王族だなと思う。アーリエラ様の薄いノートの中では少々恋愛脳に見えたけれど、あれはやはり創作物だったんだ。

それにしても……並程度の令嬢だったら許容できたけど、ってことは、変なことをしないで毒にも薬にもならなければ、問題なく殿下と結婚できていたのね。

少しだけ、アーリエラ様が哀れに思えた。あんなに殿下と結婚したがっていて、なにもしなければそれが叶ったのに。

だけど、哀れだろうとなんだろうと、やらかしたことの罪は償わなきゃならないのよ。

我が家の食料を、いや、我が家の経済を止めた罪は重いわ。

私は意を決して、持っていたアーリエラ様直筆の立派な薄いノートをビルクス殿下に差し出した。

「ビルクス殿下のお考えに安心いたしました。殿下にこちらをお渡しいたします」

バウディには許可を取ってあるけれど、少し緊張してしまう。だって、これで、バウディが隣国の王位継承権を持つ人間だってバレてしまうわけだし、他にも色々大変なことが書かれているのだから。

「これは？」

躊躇《ためら》いつつも受け取ってくれる。

「私がアーリエラ様から、魔法学校に入る前にいただいた、彼女の手記でございます」

「アーリエラ嬢から？　ああ、確かにこれは、彼女の文字だ」

伯爵令嬢である私が公爵令嬢である彼女の手記を持っていることに戸惑っていたようだけれど、何気ない感じでパラパラとページを捲っていた殿下が、途中から真剣な表情になって手を動かす。

その様子に、カレンド先輩が首を傾《かし》げた。

「レイミ嬢、一体なにが書かれているんだ？」

「ある意味……予言のようなものでしょうか。起こり得る未来について書かれております。ですが、必ずしもその通りになるとは限らないようです」

異世界のゲームのストーリーですなんて、言っても理解してもらえないもの。

「予言？　アーリエラ嬢が書いたのか？」

ベルイド様が怪訝《けげん》な顔をする。

それはそうだよね、彼女は予言なんてしそうなキャラクターじゃないから、不思議に思うのは当然だわ。

「ベルイド、二人にもあとで読んでもらうから、詮索《せんさく》はあとにしてくれ。レイミ嬢、なぜ彼女はこれをあなたに？」

ノートから目を離して私を見るビルクス殿下を、真っ直ぐに見返す。

「アーリエラ様は当初、彼女と同じく『悪役』となるはずの私と協力し、なんとか無事に学校を卒業しようとしておられました」

私の言葉に、ビルクス殿下は怪訝な顔をする。

「ならばなぜ、あのようなことを？　当初、ということは、途中で君との協力関係を解消する、なにかがあったのか？」

なんて的を射た質問だろう、さすが王子殿下だわ。

「そうですね、私よりもミュール様と手を組んだほうがよいと、アーリエラ様が判断されたのだと思います。因《ちな》みに、ミュール・ハーティ様がそちらに書かれている『ヒロインちゃん』です。彼女もまた、この手記と同じ未来を知っているそうです」

彼の顔が苦く歪《ゆが》んだ。

ずっと穏やかな表情だっただけに、どれだけ苦々しく思っているのかが知れるわね。

「これを、君はどう思う？」

固い表紙をノックするように叩《たた》いてこちらを見る目は、怖いほど鋭いけれど、それでビビる私ではない。

「先程も申しましたように、事実であり、『起こり得る未来』であると考えます」

確約された未来ではない、変更が可能である未来だ。なぜなら、私は車椅子ではなく、義足で自由に歩いているんだから。

「……そうか」

それだけ言うと、読みかけだったノートを凄い勢いで捲り、あっという間に最後まで読み終えた。

それから、私のうしろに立つバウディを見上げ、その視線を私に戻す。

「君がこれを事実であると確信する理由は、うしろのお方があるからかな」

「はい。俄《にわか》には信じられないでしょうが」

私の言葉に「確かに、信じがたいな」と疲れたように頷き、立ち上がってバウディに向かって口を開きかけた彼をバウディが止めてソファに座らせた。

「私のことはどうぞお気になさらずに、いまはコングレード家の従者ですから。ですが、その予言書に絡んで、ひとつ発言をよろしいでしょうか」

バウディがそう願い出ると、殿下は快く彼の発言を許した。

バウディが訴えたのは、我が家に対して市中の店が取り引きを拒否していることだった。そして、それを指示しているのはブレヒスト公爵家だと目星をつけていることも。

「食料品だけでなく、衣料品、その他もか……」

買い出しの際に、バウディが調べてくれたらしい。どこの店までがということまで把握してるなんて、いま知ったわ。

貴族が使う店はほぼすべて押さえられているといっても過言ではない、調べがつかなかったのは、休みの店だけだそうだ。

ゲームの中でアーリエラ様が実家を操って、ヒロインちゃんの家に仕掛けたときと同じような展開だから、きっとバウディも気付いて色々調べてくれたのだろう。

「ブレヒスト公爵家が手を回しているにしたって、業種が多岐《たき》にわたっている。そこまであの家の息が掛かっているというのは、どういうことだ」

まだノートを読んでいないベルイド様の表情が険しくなる。

「少し調べましたところ、どうやら大なり小なり、ブレヒスト家が絡んだ融資を受けているようです。そうでなくとも、あの大貴族を敵に回したくはないのでしょう」

バウディの言葉に、ベルイド様は更に深刻な表情になった。

「融資ですか……？　我が国の高利貸しは登録制であり、そのうえ大貴族は法的に登録できないようになっているはずなのに」

登録していない金融業者、ということは闇金《やみきん》ってこと？

でもあまりに多くの店が該当しすぎている、もしかすると無理矢理金を貸す、押し貸しなんかをしているのかしら。

公爵家に押されたら、借りないわけにもいかないわよね――なんてことはさすがにないか。

……ない、わよね？

「詳しいことについては、どういう話になっているのかはわかりかねますが。私が調べた範囲ですと、そういった背景があるようでした」

しれっと言っているけれど、たった二日でどうやって調べたのかしら。

「情報を持ち帰り、詳細《しょうさい》を確認いたします」

いますぐ帰って調べたそうな顔をしてらっしゃいますね、ベルイド様。

楽しそうに見えるのは気のせいかしら？　我が国の公爵家の不祥事《ふしょうじ》が、そんなに嬉しいなんて、辣腕《らつわん》で有名な宰相閣下の血を引いているからかしら？

「精神魔法に、市場の独占、違法な高利貸し……」

薄いノートの中では罪名が明記されていたわけではないが、公爵家が国を揺るがす悪事に手を染めており、そのことで一族が諸共《もろとも》に断罪されるとは書いてあったのよね、勿論《もちろん》アーリエラ様も連座で罰されるんだけど。

なんだか、前倒しで悪事が明るみに出ている気がするわね。

……ハッ！　そういえばゲームの流れでいくと、魔法学校でミュール様を大階段から突き落とそうとして逆に階段を落ちた私は左足も失いそのまま学校を退学、そして父が横領の罪で田《いな》舎に左遷《させん》され、私は失意の中で自死してしまうという。アーリエラ様が薄いノートに書き忘れて、後出しで口にしていた内容があるのよね。

私が学校を退学となったから、そろそろ父の横領が明らかになる頃合いじゃないかしら。あの父が横領なんかするはずないのに！　絶対にえん罪なのよ、だって、本当に横領していそうな人たちは別にいるもの。

ほぼ毎日家に仕事をお持ち帰りしてくる父を手伝いながら私がせっせと書き溜《た》めた、『不備のある書類を回してくる要注意人物一覧』も出してしまったほうがいいかもしれないわね！

「もうひとつ、見ていただきたい資料があるのですが」

私がそう言うと、カレンド先輩がどうせだから全部出すといいと勧めてくれたので、三人に断って部屋に資料を取りに行く。

バウディも一緒に来ようとしたけれど、ビルクス殿下に引き留められて、ブレヒスト家の息が掛かっている店舗の詳しい内容を聞き取りされることになった。

私は自室に戻り、机の引き出しから書類の束を引っ張り出す。

ふっふっふ、結構な厚みになっているわね。悪意があるのか能力が足りないだけなのか、頻《ひん》繁《ぱん》に書類を間違えてくる常習犯共め、お灸を据えられるがいいわ！

あ……でも生徒会の人たちはただの学生だから、もしかしたらどうにもならないかもしれないのかしら？　だけど、宰相の孫と第二王子殿下なんて、滅多なことではお会いできないわけだし、彼らに賭ける価値はあるわよね。

「彼らに預けてどうにもならないなら、諦《あきら》めがつくわ」

片手で紙の束を抱えて、覚悟を決めて部屋を出た。

ノックをしてから部屋に入ると、雑談をしていたらしい四人に揃《そろ》って見られて、ちょっと焦《あせ》ってしまった。

ソファに戻って、テーブルに資料を乗せる。

「こちらの書類なのですが」

書類を手に取ったベルイド様は、書類を読んで楽しそうに目元を緩める。

「ほお、これは、なるほど。綺麗《きれい》にまとめられていますね、大変見やすくまとまっておりますし。ふふ、この名前、いいですねぇ、ああ、こうして見ると、繋がりがよくわかる。いいですねぇ、いいですねぇ」

ペラペラと書類を捲るベルイド様がとても上機嫌で、ちょっと気持ち悪いくらいだ。

「こちらもいただけるのですね！　ああ、ありがとうございます。宰相である祖父が、喜んで有効利用するでしょう。勿論、出所は秘密にしておきますよ」

宰相閣下まで巻き込んでくれるなら、コツコツ書き溜めた甲斐《かい》があるってものよ。これで父の横領なんてえん罪がなくなれば、万々歳だわ。

「ご活用、よろしくお願いいたします」

ほくほく顔のベルイド様の様子に、いい手応えを感じる。

「では、本日いただいた資料の数々、悪いようにはしないことを約束します」

ビルクス殿下が、笑顔でそう請《う》け合ってくれた。

それは実質アーリエラ様を切り捨てるということなのに、笑顔なのね。

この世界では婚約というのは、概《おおむ》ね利害関係で成り立っているのだろうな、っていうのは実感としてある。貴族というのはやはり、個人ではなく家同士の繋がりなんだ。

それについて一抹の虚しさを感じるのは、私の側《そば》にバウディがいてくれるからなんだろうな——なんて思いつつ、私もついこのあいだまで、腹がねじ切れる程嫌いな相手が婚約者だったっけ？　もう忘れたけれどね！

三人を見送りに出たとき、母がビルクス殿下に手紙とレースの縁取りが美しいハンカチを預けていた。

「間違いなく、母へ渡しておきます」

「ふふっ、よろしくお願いいたしますね」

王妃殿下からの口利《き》きがあるとはいえ、ビルクス殿下って嫌な顔ひとつせずに受け取ってくれて、できたお方だと思うわ。

母と並んで皆さんをお見送りしたあと、母は家に戻りながら、私が気になっていた王妃殿下との関係を教えてくれた。

曰《いわ》く、母は学生時代から王妃殿下の友人で、王妃殿下が結婚した際にはお付きの侍女としてお城に上がっていたということだ。

そして母は、お城で働く父と恋仲になり結婚。貴族には珍しい恋愛結婚だということも、はじめて知ったわ。

「レイミも頑張ってくれているから、母も頑張らなくてはね」

うふふと微笑む母に、頼もしさを感じた。

生徒会の三名が帰って以降数日間は購買事情が改善されなかったものの、カレンド先輩の実家であるロークス家のご厚意により食料を分けてもらうことで不都合はなくなった。

母もどんな伝手《つて》なのか、自力で糸を入手してレース編みを再開していたし。やっぱり母は、手芸をしているときが一番楽しそうで、輝いている。

＊・＊・＊・・＊・・＊

それから数日後、父の職場で時季外れの人事異動があったらしい。

新しい上司は、指摘した間違いをちゃんと正してくれるいい人らしいが、それはいい人ってわけじゃなくて、普通にまともで当たり前な社会人の間違いだと思うのよ。もしかしたらその普通にできるっていうのが、レアなのかしらね。

ともかく、父にえん罪が掛かって田舎に左遷、という未来はなくなったと思っていいわね。

ありがとう、ベルイド様！　そして宰相閣下！　お礼状を出したかったけれど、ネタ元がこちらだとバレてはいけないので自重した。

なにもかもが正されていくことで、すっかり安心していた。

やっぱり、アーリエラ様たちが言っていたゲームのストーリーというのは、あくまで仮定の未来のひとつでしかなかったんだろう、なんて。

安心していたのに——変わらない未来もあるらしい。

我が家の食料品などの購入が正常に戻った頃、予告もなしにビルクス殿下が我が家にやってきた。生徒会としてではなく、お忍びで。

貴族の子弟が着るような服装だけれど、内から輝くものは隠せていないわよ。

「隣国から、視察がやってくる。明日の昼に到着し、翌日は王宮で晩餐会《ばんさんかい》も予定されている」

殿下から伝えられた隣国の使者の名は、バウディを自国の王太子に押し上げようとする、最も粘着質で武力を持つ一派だということだった。

「小物では埒《らち》が明かずに、本命が出てきたようですね」

バウディが渋い顔をして言っていたので、そうなのだろう。

「ビルクス殿下、視察日程はご存じですか？」

「勿論知っている。だが、さすがに外交使節団の動向は、明かすことはできない。すまないな」

そこは仕方ないんだから、謝罪なんていらないのに。

第二王子殿下は案外人がいいのかもしれない、だからアーリエラ様と婚約したのかも？　なんて考えながら、提案する。

「では、こういうのはいかがでしょう。私とバウディは、予《かね》てより予定していた旅行へ出発いたします。南部の――――いえ、避暑ですので、涼しい北部へ向かいます」

南部と言ったところで、首を横に振られたので、北へと方向転換する。

ふふっ、真っ正面から受けて立つなんて面倒だもの、戦略的撤退で十分でしょう！　まともに相手をする理由なんてないわ。

「それはいいね。海に面している南部はこの時期は混んでいるし、外国の船も多くて騒々しいですから。そうだ、ロークス辺境伯領にある湖はご存じですか？」

なるほど、陸路ではなく海路で来るのね。それじゃあ鉢合わせする可能性のある南部方面は駄目ということになる。

誘導してくれる殿下に頷く。

「領都にある、アルデハン湖でしょうか？　以前、カレンド先輩にお聞きしたことがあります、巨大な魔獣の魚がいるそうで、是非一度、見たいと思っておりました」

「あの巨大魚は見応えがありますよ。是非ご覧になってください。さて、そろそろ失礼いたしますね。——よい旅を」

「ありがとうございます」

バウディと一緒に殿下を見送った。

「さて、そういうことになったけど、いいかしら？」

事後承諾になってしまったけれど、廊下を歩きながら確認するようにバウディを見上げれば、彼は複雑そうな顔で私を見下ろした。

「お嬢も一緒に行く必要はない。狙われているのは、俺だけなんだから——」

「あら？　それはどうかしら。使者が狙っているのは確かにバウディかもしれないけれど、私は私でアーリエラ様やミュール様から離れたいのよ。王都にいたら、またなにをされるかわからないわ。それなら、あなたと一緒にここを離れたほうがいいじゃない」

　私の言葉に不承不承納得した彼は、私の手を取って指先にキスをした。

「では旅のあいだ、あなたを守り、エスコートする役目をいただければ幸いです」

「ふふっ、私の騎士になってくれるの？　心強いわ。それじゃぁ、早速今日中に出るわよ！　まずは、お金を用意しないと」

　言いながら部屋に入ると、ニコニコした母が革袋を手に立っていた。

「ふふっ、お金は用意してあるから、これをお使いなさい。予定していたのなら、いまから用立てるのは不自然だものね」

　ずしっとした革袋を、母はバウディに渡す。

　一体いくら入っているんだろうか……。

「ありがとうございます、お母様。こんなに、よろしいのですか？」

「気にしなくても大丈夫よ。ふふっ、旅行に行く娘に、お小遣いを渡すくらいの甲斐性はありますよ」

　ニッコリ笑って言い切る母、超カッコイイ。

「お嬢様、荷物の準備もできましたよ」

　ボラがトランクケースを持ってきた。

「ええっ？　は、早いわね」

　手際がよすぎやしませんか？

「ほら、バウディ。あなたも早く用意していらっしゃい」

「は、はい、用意してまいります」

母に追い立てられ、バウディが自分の部屋に急ぐ。

バウディの準備を待つあいだに、私もボラに手伝われて旅に出られる服に着替える。

いつもよりしっかりした生地のワンピースに、ぺったんこシューズではなくてしっかりとしたショートブーツ。夏だけれど薄手の上着を着せられる。

リビングに戻ってボラに荷物の説明を受けてから、母と二人きりになった。

ソファに隣り合って座った母が私の手を取る。

「レイミ、体に気をつけるのですよ。あなたの身体強化は、まだまだ完全ではありませんし、義足への強化とてまだ初歩なのですから、絶対に自分の力を過信してはいけませんからね」

ああ母よ……あなたの目指す身体強化は、どの水準なんですか……。

聞きたいけれど、いまは水を差す雰囲気ではない。

「はい、肝に銘《めい》じておきます」

神妙な顔をして頷いた私に、母はコホンと咳払《せきばら》いをする。

「それと――言っておきますが、バウディも殿方ですからね」

真剣な表情の母の勢いにのまれて、一応頷く。

「好き合っている同士とはいえ、まだ婚約もしていないのですから。軽はずみな行動を取らないようにね?」

こ、これは、恥ずかしいやつだぁ……っ。

顔が勝手に熱くなって返事ができない私を見て、母は上品に笑って立ち上がると、自ら部屋のドアを開けた。

「……準備が整いました」

たいした荷物もなく、いつものビシッとした従者の服装とは違って、実用性重視のちょっと野性味のある服装で、はじめて見るワイルドな格好の彼に胸がときめいてしまった。

ドアの前でいたたまれなさそうに立っていたバウディに、母がニッコリと笑いかける。

「ふふふっ、娘をよろしくお願いしますね」

「はい、お任せください」

しっかりと頷いた様子を見るに、これはあれだ……母の言葉が聞こえていたな？　これ以上は耐えられないので、バウディを急《せ》かして玄関に向かう。

「お父様には私から伝えておきますから、楽しんでいらっしゃいね」

「はい、行ってまいります」

母とボラに見送られ、私はバウディと共に旅に出た。

行き当たりばったりの旅だけれど、隣に彼がいてくれるだけで不思議と不安はなかった。

幕間　ミュールの驕りアーリエラの怒り

ミュール・ハーティはニコニコと人好きのする笑顔で、向かいに座る青年の話に相づちを打った。

二つ年上の彼は魔法学校の先輩で、主要キャラでもなんでもないけれど、ミュールを全肯定してくれる優しい人だ。

「どうしたんだい、ミュールさん。ああそうだ、折角《せっかく》だから、軽食も食べていかないかい？　君の時間が許せば、だけど」

「時間は全然平気よ、とっても嬉《うれ》しいわ！」

彼女が少し高めの声を上げて全身で嬉しいを表現すると、彼は表情を緩《ゆる》めて店員を呼んでオーダーしてくれる。

貴族御用達《ごようたし》のこの店は軽食といえど本格的で、彼女の万年寂しいお財布の中身では、とてもではないが入れない店だ。

こんな風に、彼女をご飯に誘ってくれる優しい先輩は何人もいる。

最初にハーティ家の財政状況と、ミュールが養子であることをそれとなく伝えれば、彼らは途端《とたん》に親切になる。彼らはミュールに財布を出させることのない紳士だ。

クラスメイトも、ほとんどがミュールの友達になった。

ただ、なぜか攻略対象である主要キャラたちとは、親密になれていない。

かろうじてシーランド・サーシェルだけは、無条件にミュールの味方になってくれているけれど、彼一人だけだ。

後期になれば、彼の活躍するイベントもチラホラあるが、前期ではレイミとの婚約破棄くらいしか目立った活躍はない彼に、物足りなさを感じている。

それに前期のメインイベントである、レイミ・コングレードの階段落ちも不発だった。

思い出すだけでイライラする。

レイミに頬を叩《たた》かれたせいで、ミュールの愛らしい顔はぷっくりと腫《は》れあがり、数日は外に出ることができなかった。たくさんの友人や先輩がお見舞いにきてくれたけれど、酷《ひど》い顔を見せたくなくて、義母に見舞いの品だけ受け取ってもらい玄関先で帰ってもらった。

その後、義母にどうしても必要だと言われて、もらった見舞いにお礼の手紙を書くのに追われてうんざりした。

好意でくれたのだから、受け取るだけで相手も喜んでくれるものではないのか。スマホがあれば一斉送信でお礼を送ったのにと、この世界の遅れた文明を呪ったりもした。

気分転換がしたいと言ったミュールに、食事を奢《おご》ってくれた先輩と笑顔で別れて、日傘を回しながら自宅までの道を歩く。

「モブさんたちとは仲良くなれるのになぁ。でも、まぁ、レイミも予定通りいなくなったし、

「本番は後期からだもんね！」

とはいえ、アーリエラの願いを聞いたせいで、第二王子絡《がら》みのイベントにほとんどペナルティがついてしまい、不運値がかなり上がっている。

これが今後、どう影響してくるのかわからない。

不安を振り払うように、くるりと日傘を一回転させる。

「本当は、みんなと仲良くなりたかったんだけどなぁ……。やっぱり悪役は悪役なんだもん」

レイミ・コングレードとも仲良くなって、円満にバウディをこちらに引き入れて、などと計画していたのに、悪役である彼女は取り付く島もなかった。

「アーリエラさんも……もしかすると、レイミみたいになっちゃうのかな……。折角お友達になれたのに」

しょんぼりとうつむいて足が止まった彼女を、周囲の歩行者が邪魔そうに避《よ》けていく。

アーリエラが同じ転生者だって知って嬉しかった。ゲームの知識はミュールのほうが断然上だったが、それでもこの世界を知っている人がいるというのが嬉しくて、一度は公爵家にお泊まりして夜通しお喋《しゃべ》りした。それ以降、彼女の家に呼ばれることはなかったが、いまでも折に触れて泊まりたいと伝えている。

「そうだ！　アーリエラさんのお家《うち》に遊びに行こう！　夏休みに入ってから、全然会えてないもん。後期のことも、相談しなきゃだもんね」

いい思いつきに彼女の気分は浮上し、軽い足取りで公爵邸へと向かった。

＊・＊・＊・・＊・・＊

玄関前のエントランスで、立派な髭《ひげ》の執事がニコリともせずにミュールを迎える。

「ミュール・ハーティ様ですね。本日、お嬢様とのお約束はなかったと存じますが」

「お友達に会うのに、わざわざ約束なんてしないでしょ？　ねぇ、アーリエラさんはいるのよね？　どうして会っちゃ駄目なの？　そんなのおかしいわよ」

道理に適《かな》わぬことを言い、頑《がん》として譲らないというのを、前回の彼女の訪問で嫌というほど知っている執事は、あからさまな溜《た》め息のあと、ミュールにこの場で待つように伝えて、アーリエラにミュールをどうするか聞きにいく。

自室でお茶をしていたアーリエラは、執事の言葉を聞いて顔を引き攣《つ》らせたが、少し考えて彼女を部屋に通すように伝えた。

「よろしいのでございますか？」

公爵家の一大事の最中《さなか》に訪問してくるような神経の人間を、本当に屋敷に入れていいのかと念を押す執事に、アーリエラは顔色も悪く頷《うなず》いた。

「いいの、お通しして頂戴《ちょうだい》」

「承知いたしました。こちらへご案内してまいります」

控《ひか》えていた侍女にお茶の用意を頼み、終われば退室するように伝える。

すぐにやってくるであろう相性の悪い彼女を思い、苦い溜め息を吐き出したものの、気持ちを切り替える。

「いいえ、これは好機よ。自由に動く手駒が向こうから来てくれたのですもの」

問題はアーリエラの精神魔法が彼女には効かないということだったが、ミュールの性格を逆手に取れば、意図する方向へ操るのも容易《たやす》いだろうとほくそ笑んだ。


アーリエラ・ブレヒストは魔力循環が……いや、根気のいる練習全般が苦手だった。

魔法の習得についてもさほど興味がなかったものの、精神魔法だけはなんとか使えるようになっていた。

――それというのは、ミュールにだけ見えるステータス画面とゲームの選択肢《し》に原因がある。

選べば必ず実行されるその選択肢には、攻略対象であるアーリエラの婚約者となるビルクス殿下に絡むものも多い。

「アーリエラさんは、王子様狙いだもんねぇ」

ひとけのない教室で机の上に行儀悪く腰掛けたミュールは不意に虚空《こくう》を見つめると、小首を傾《かし》げながらアーリエラに声を掛けてきた。

彼女にしか見えない画面を操作する姿は、それこそがヒロインである証拠のようで、アーリエラは内心苦々しく思っていたが顔には出さない。

「それがどうかしたのですか？　ミュール様は、他の方を狙ってくださるのですよね？」

「うーん、そうなんだけどねぇ……。時々さ、選択肢がバグって、一択になっちゃうのよ。それでもって、それを無視すると、不運値が上がっちゃうの」

「不運値？」

本来ゲームにはないその値が上昇すると、魔法の成功率が落ち、他にも地味に嫌な不運に見舞われる。だから、本来ならば時間経過で選択肢を消すことはできるけれど、それはしたくないのでバグが出たら素直にそのまま選ぶことにしていると、ミュールが教えた。

「それでさぁ、いま出てる選択肢が、王子様絡みなんだよね。それも、バグのヤツだから一択。無視するって選択はしたくないんだけどさぁ」

アーリエラをチラチラ見ながら、歯切れ悪くミュールがこぼす。

「王子様に抱きついちゃうくらいならいい？」

「駄目ですっ！　わたくしですら、だ、だ、抱きつくなんてはしたないこと、したことがないのにっ」

顔を赤くして訴えたアーリエラは、ミュールに「甘酸っぱーい」と冷やかされ生温《なまぬる》い視線を向けられる。

「でも、不運値上がっちゃうんだもん。わたしだって、魔法の難易度が上がったり、バナナの皮で滑ったり、寝てるときにこむら返りを起こしたりするのイヤだし」

地味な不運がイヤだと、愚痴をこぼす。

「それでしたら――」

彼女に選択肢を無視させて不運を受けさせる代わりに、アーリエラがミュールのお願いを聞くという取り引きが成立した。

そして、選択肢を無視する代償として、アーリエラはミュールに請《こ》われて魔法学校の禁書庫の鍵を手に入れ、禁書庫から精神魔法の本を盗み出したのだ。

「アーリエラさんがさっさと全部覚えて、元の場所に戻《もど》しておけば大丈夫よ。あんなところにある本、読む人なんかいないってば」

脳天気なミュールの意見には同意しかねたが、やってしまったことはどうにもならない。

とにかく早く覚えて、本を返してしまわなくては。危機感に突き動かされ、在《あ》りし日の受験勉強さながらに頑張った。

精神魔法の最初のひとつを自力で覚えられたときは、久しくなかった達成感に心が震えた。

自分の力だけで成し遂げた、それは勇気になり、やる気になった。

それなのにミュールはそんな努力を嗤《わら》う。

「ほんと、アーリエラさんって勉強苦手よね。全然、精神魔法覚えられてないじゃん。公爵令嬢ってそれでいいの？」

本人にそんなつもりはないかもしれないが、アーリエラは傷ついた。

「わたしみたいに、ステータスから選べるなら簡単なのにね？　アーリエラさんはヒロイン待遇じゃないから、仕方ないんだろうけど」

ことあるごとに、自分がヒロインであるというマウントを取ってくるのも腹立たしかった。

そのくせ……。

「アーリエラさんと仲良くなれて本当によかった！　だって、わたし一人だと心細かったんだもん……アーリエラさんがいてくれて、本当に心強いと思ってるんだよ」

はにかんだ笑顔でそう告白されると悪い気はしなくて、そのときは、二人でやっていけそうな気がしてくるのだ。

だけどすぐに心の中に相反する感情がジワジワと生まれてくる。水面に墨《すみ》が垂れて薄く広がっていくように、アーリエラの心の水は段々と濁っていく。

どうしても、ミュールといると嫌悪感が湧《わ》く。イライラして、悪意をぶつけたくて仕方がなくなってしまうのだ。

根本的に性格が合わないのは間違いないが、それだけではなく、もっと根深いところでの嫌悪感があることに、アーリエラは気付いていない。

それはこの地に無念で縛られている、もう意識もなくなった碧霊《へきれい》族の恨みの残滓《ざんし》で、『中和魔法』を使う者を憎む純粋な怒りだ。それがアーリエラの負の感情に同調していた。

前期が終わるあの日、ミュールに指示されるがまま大階段の上の柱の陰で待ち構えていたアーリエラは、集まってきた生徒たちに向けて精神魔法を使用した。

そして、隠れて見えない場所にいたにも関わらず、レイミ・コングレードは真《ま》っ直《す》ぐにアーリエラの前までやってきて言ったのだ。

――あんたさぁ、自分が、破滅の道にまっしぐらなの、気付いてないの？

蔑《さげす》むような、哀れむような目で真っ直ぐにアーリエラを見て言うレイミの、強い目力に怯《ひる》んだ。

破滅の道……？　ただただ懸命に、殿下と一緒になる道を求めているだけなのに。

なぜ、そんなことを言われなければならないのか。

転生者であることを隠して自分に近づき、自分一人で安全な場所に逃げようとするレイミが許せない、許せるわけがない！

あの日、レイミが攻略対象者の一人であるバウディと共に学校を去ってからの記憶は曖昧《あいまい》だった。

気がつけば、自室のベッドの天蓋《てんがい》を見つめて、彼女を呪っていた。

恩知らずであり、嘘《うそ》つきであり、卑怯者《ひきょうもの》である、レイミ・コングレード。

自分だけ早々に意中のキャラを手に入れて逃げ去った、裏切り者だ。

「許されるわけがありませんわ……許していいわけがありませんわ……」

低い声があふれ出る。

視界が暗く濁っていることにも気付かない。

アーリエラの心を埋め尽くすレイミへの憎しみと怒りが、彼女が『悪魔』と呼ぶ存在との同化を加速させてゆく。

この日を境に、悪魔と同調した彼女の精神魔法は精度を一気に上げ、レイミへの怒りで行動を増長させることになる。

長い年月の中で既《すで》に自我を失っている悪魔は、ただただアーリエラの悪意を増幅させる。

自己を正当化し相手を糾弾《きゅうだん》すること、それは心地よい陶酔を伴う。

アーリエラはレイミから言われた『破滅の道』の真ん中を歩きだしていた。

「お父様、わたくし……っ、わたくしを裏切った、レイミ・コングレード様をどうしても許せませんの！　どうか、彼女に罰を与えることはできませんか」

父の目を見ながら強く精神魔法を込めて『お願い』した。

父の行動は早かった、すぐに腹心の部下を呼び寄せると、貴族街に根を下ろしている店に対してコングレード家との取り引きを止めるように周知してくれた。

そして折角だからレイミの父親に横領の罪を背負わせてしまおうと、父が楽しく話してくれるのを見ると。ああ、やっぱりレイミは断罪される運命だったのだと心が晴れていく。

ただ……父へお願いをしたあとは、なんだか体から力が抜けてしまって、ベッドから起きられなくなってしまった。

父も母も心配して毎日見舞ってくれる。二人に毎日精神魔法を掛け直しているせいか、一向に体のだるさは消えなかったけれど、この努力がレイミの断罪へと通じているのだと思えば、頑張ることができた。

だけど、すべてがうまくいっていたのはほんの数日だった。

父がおこなっていた事業が摘発された。父は何日も家に帰らずそれの対応に奔走《ほんそう》しており、掛けていた精神魔法は二日と持たずに切れた。

アーリエラには執事づてに自宅での謹慎が言い渡され、ずっと両親に会えていない。

ゲームの最後にあった、アーリエラの断罪《ラスボス》と似ている現状に背筋がゾッとしたけれど、ゲーム内でのアーリエラの断罪はまだまだあとなのだから、心配することはないのだと無理矢理納得する。

今日は、精神魔法を使って崩れていた体調もよくなったので、自室でお茶を楽しんでいたのだけれど、思わぬ来訪者を迎えることになってしまった。

「アーリエラさんっ、お久し振りぃ～！」

以前と変わらぬテンションで入ってきたミュールに、微笑《ほほえ》んで挨拶《あいさつ》を返す。

「お久し振りです。あなたは、変わらずお元気そうね」

「アーリエラさんは……もしかして、病気？　顔色悪いよ」

明《あ》け透《す》けとした言葉に苦笑しながら、お茶の用意が調《ととの》えられた向かいの席に彼女を促《うなが》した。

「あれ？　今日はあの、三段重ねのケーキタワーないんだね」

「ケーキタワー……もしかして、ケーキスタンドですか？」

「そうそれ！　お嬢様のティータイムって感じで、いいよねぇ」

うっとりした表情でそれとなく催促《さいそく》する彼女の厚顔さに呆《あき》れ、黙殺する。突然の訪問を受け入れただけでも十分優しい対応なのだから。

「それで、本日はどのようなご用件でいらしたのですか？」

「用事がなきゃ、遊びにきちゃ駄目なの？　お友達なのに？」

驚いた顔をするミュールに、アーリエラは溜め息をひとつ吐く。

「貴族間では、訪問の前にはお伺いを立てるものですよ。ミュール様も貴族なのですから、もうそろそろ自覚なさいませ」

「えー……。だって、アーリエラさんとわたしの仲だよ？」

口をとがらせる彼女に首を横に振ったアーリエラは、お茶を一口飲んで気持ちを切り替える。

キリッと顔を上げ、行儀悪く唇をとがらせてお茶をフーフー冷ましているミュールを睨《にら》むように見た。

「そのご様子ですと、我が家の窮状《きゅうじょう》をご存じないようですね」

レイミの家への物資の供給停止をきっかけに、父である公爵が秘密裏におこなっていた無許可の高利貸しが明るみに出てバタバタしていること、そして外出を止められていることをミュールに伝えた。

「えぇぇっ!?　それって、アーリエラさんの没落ストーリーじゃん！　なにやってんの？」

呆れ顔をしたミュールに、アーリエラの顔が赤く染まる。

「あっ、あっ、あなたがっ！　あなたが、わたくしにあんな魔法使わせるからっ！　だから、こんなことになったんでしょうっ！　あなたがっ！　あなたがぁぁぁっ」

突っ伏して泣きだしたアーリエラに、ミュールはばつが悪そうにする。

確かに無理を押して、精神魔法の習得を勧めたのはミュールではある。しかし、それを使うも使わないもアーリエラ本人の意思だ。

たとえ、精神魔法で父親を操り、レイミの家への物資を無理矢理止めていたのが、アーリエラの独断専行だとわかっていたとしても、お人好《よ》しなミュールはアーリエラの予想通りにオロオロした。

「ちょっと、ごめん、ごめんってばぁ！　そんなに泣かないでよぉ」

あまりにも泣き止まないアーリエラに、ミュールが困り果てる。

「ねぇ、アーリエラ。わたしにできることがあるなら言ってよ、なんでもするよ？」

隣に座って背中を撫《な》でながら言ったミュールに、アーリエラはゆっくりと泣き顔を上げた。

「そ、それなら、あの女を、レイミ・コングレードを不幸にするのを、手伝って……っ」

涙に濡《ぬ》れた切実な表情でアーリエラに縋《すが》られ、気をよくしたミュールが目を輝かせる。

「いいよ！　いくらでも手伝ってあげる、だって親友の頼みだもの！　わたしも、レイミのことは、すっごくむかついてたんだ。だって、バウディ様をキープしてそのまま逃げ切るつもりでしょ？　絶対許せないもんね」

ミュールの言葉に、アーリエラが弱々しいながらも微笑みを浮かべる。

「ほら、だから元気だしてよぅ～。アーリエラが泣いてると、調子狂っちゃうよー」

おどけたように言うミュールに、たとえ呼び捨てにされるのが気に入らなくても、親友呼ばわりに鳥肌が立っても、アーリエラは嬉しそうに微笑んでみせた。

独自の伝手《つて》などないアーリエラには、ミュールくらいしか使える手駒はいないのだから。

＊・＊・＊・・＊・・＊

ミュールはブレヒストの屋敷に入るときには持っていなかった愛らしい小ぶりのバッグを手に、意気揚々と公爵邸をあとにした。

バッグの中には、アーリエラから渡された宝石がいっぱい入っている。

この宝石を換金して、それを元手に行動してほしいと託された。自宅で謹慎状態のアーリエラの代わりに、ミュールが行動するのだ。

「大丈夫、アーリエラが、バウディ様の国の人をちゃんと呼んでくれてるんだもん！　あとは、バウディ様と引き合わせるだけだから、余裕よねっ」

アーリエラが精神魔法を駆使して、隣国の使節を呼んだと知ったときには驚いた。バウディがレイミに獲られたことで、そのルートはなくなったとばかり思っていたから。

隣国の使者が王都につくまでに日にちがあったので、ワクワクドキドキしながら宝石を換金したり、そのお金でちょっと買い物をしているうちに――レイミ共々バウディが王都から消えていた。

慌《あわ》てて二人の行方《ゆくえ》を聞いて回ったものの、二人がどこに行ったのかは知れず。

「っていうか！　レイミってば、友達いないじゃん！　聞く当てが全然ないじゃんっ！」

同じクラスのマーガレットが親しいようだったが、彼女は休みに入ると同時に実家のある辺境へと帰っていたので聞き出すことは叶《かな》わず。仕方なくレイミの家に御用聞きに入る商人や辻馬車に少なくはないお金を渡し、やっと二人が旅に出たことを掴《つか》んだ。

「なんでこんなときに、旅行なんてしてんのよっ！　馬鹿じゃないのっ、じっとしてなさいよぉぉっ」

八つ当たりを込めて憤慨しながら、彼らの旅の目的地を探るための軍資金を調達すべく、残りわずかの宝石を持って馴染《なじ》みになった宝飾店に向かった。

第二章　旅

母とボラに見送られて家を出た私たちは、長距離移動する馬車の発着場に向かい、丁度《ちょうど》出発するところだった馬車が南行きではないことだけを確認して乗り込んだ。

大型馬車の乗り心地は、魔道具のサスペンションやらなにやらのお陰で思いのほか快適だ。

二人掛けの席が左右に並び、幌《ほろ》ではなくてちゃんと木製の壁もあって、ガラスはないけれど窓もついている。

ただひとつ不満があるとすれば、この馬車に乗り込むときに「兄妹で旅行かい？」なんて、御者さんに言われて、バウディがしれっとそれを肯定したことだ。

「ええ、親戚の家に行くところです」

そんな風に笑顔で返す彼の口を止めることができずに、結局その設定でいくことになってしまった。

兄妹。

複雑な心境になってしまうけれど、兄妹に見られても致し方ないことだとは思う。

十歳も離れているし、身長差もかなりあるから……。髪の色味も、目の色味も似ているけれどさ、でも少しくらい否定してくれてもいいんじゃないかしら？　カモフラージュだってわかってはいるけれど、面白くないじゃない。

だから、拗《す》ねた気分で窓の外を見ている。

車内はざわざわとした乗客の会話や、馬車の走行音で結構賑《にぎ》やかだ。

「レイ、拗ねたのか？」

うしろから被《かぶ》さるようにバウディが体を寄せて、耳元で聞いてくる。

「拗ねてないわよ。外を見てるだけ」

「面白いか？」

被さるような姿勢のまま囁《ささや》くように聞いてくるから、低い声が耳に響いて頬が熱くなる。

「ディ、近いわよ」

彼の胸を押し戻《もど》そうとしたのに、彼の逞《たくま》しい体はびくともしない。

「折角《せっかく》レイに堂々とくっつけるのに、離れるなんて勿体《もったい》ないだろう。ほら、あそこに羊飼いがいる、町に近いここら辺は、まだ魔獣が少ないから、ああした牧畜が盛んなんだ」

「へ、へぇ」

背中に彼の温《ぬく》もりを感じながら彼の指す方向を見ると、確かに大量の羊が移動している。

「ああほら、冒険者だ。装備から見ると、まだ駆け出しかな」

道の端を、武器を持った三名の冒険者が歩いていた。

ちょっと失礼して目に魔力を集めて彼らを見る。彼らは足に強化魔法をうっすらと掛けているけれど、魔力が漏《も》れ漏れであまり上手にはできていないようだ。

母が常日頃言っている、恥ずかしい身体強化の見本だわ。あんなに漏れていたら、体内の魔力が減ってしまうのにね。

「レイ、目を細くして、どう……ああ、見てたのか」

彼に指摘されて目を細めてしまっていたことに気付き、慌《あわ》てて魔力を見るのをやめて、両手で軽くまぶたを擦《こす》った。

ああ恥ずかしい、集中して魔力を見ようとすると、どうしても目を細めてしまうのよね。

「あれでも、かなりできているほうだぞ」

私が冒険者の身体強化を見ていたことに気付いた彼が教えてくれる。

「そうなの？」

あんな強化でやっていけるの？　うーん、まだ十代っぽいしなぁ。

「駆け出し、ってことはこれから成長するってことね」

「それは、本人次第だろうな」

静かな彼の声に頷《うなず》いて、窓から体を離した。

「なんだ、もういいのか？」

「だって、ディがくっついて暑いんだもの」

「顔が真っ赤だもんな。悪い、悪い」

全然悪びれていない彼の謝罪への意趣返しとして、ドスンと彼の肩に頭をもたれさせて彼の手に手を重ね、指を絡《から》ませてギュッと握り込んだ。

「少し眠るから、枕になってね」

不機嫌な声で宣言して目を閉じた私に彼は小さく笑い、握った私の手を持ち上げて指にキスをした。

これからの行き先だけれど、真《ま》っ直《す》ぐに北部に向かうなんて愚行はしない私たちは、まずは王都から見て東にある、我が国第二の都市と呼ばれる町を目指すことにした。

今回たまたま時間が合って乗り込んだ馬車は東の町行きだったので、次に乗るのはここから北東部行きの馬車になる。

父からも旅で得る経験はいいものだと言われていたこともあり、途中気になる町があれば立ち寄ってみよう、なんて悠々自適な旅を目指している。

それもこれも、母のくれた軍資金のお陰よね。

さすがに半年分の生活費相当のお金が入っているとは思わなかったです、感謝しかない。

昼頃出発していまは夕日になりかけているけれど、建物の白壁がオレンジ色に染まってとても美しい。

石畳っていうのも情緒があって、とてもいいわね。

「レイ、ぼんやりしてると転ぶぞ」

「え？　あっ、わわっ！」

町の景色に気を取られて、杖《つえ》があるにも関わらず段差に足を引っかけてつんのめる私を、彼が難なく抱きしめて助けてくれる。

「あ、ありがとう……」

「どういたしまして」

私を受け止めるのに腰を抱いていた彼が、離すタイミングで頭にキスを落としてゆく。

「ちょっ！　バ、バウ――」

「レイ、呼び方はディだろ？」

まだ慣れていなくて気を抜くと忘れてしまう愛称呼び、これがまた心臓に悪い。

親しく愛称で呼ばれることも、恋人同士になって一気に縮まった距離感も、い、愛《いと》しげな視線も……っ。

兄妹設定なのに、こんなにいちゃいちゃしていいのかしら？　世の兄妹って、こんなに仲がいいものなの？

私もちゃんとそれらしくしなきゃならないのに、挙動不審になってしまう。

「レイ、もうすぐ宿だが、そこまで歩けるか？　疲れたなら、抱いていくぞ」

「全然平気よっ。ちゃんと自分で歩けるわよ」

ただでさえ私のトランクケースを彼に持ってもらっているのに、このうえ私自身を荷物にするわけにはいかないもの。

たどり着いた宿で部屋を取る段階になって、兄妹設定には問題があることが発覚した。

平民の兄妹が、部屋を分けるわけがない。二部屋取ろうとして怪訝《けげん》な顔をされたのよね。

それに、我々もいくら資金が潤沢《じゅんたく》にあるとはいえ、無駄遣《むだづか》いはできないし。

だから渋《しぶ》る彼を説得して、そこそこのグレードのお部屋をひと部屋だけ取ることになった。

バウディに聞いて知ったけれど、最低グレードのお部屋は雑魚寝《ざこね》部屋なので、安全面と衛生面のどちらもアウトとのことだ。女性のみで旅をしている人たちも雑魚寝部屋は選んでいなかったので、あそこは自衛できる男性が使う部屋なのだろう。

今日泊まる部屋はベッドが二つあるだけのシンプル仕様、トイレは共用、お風呂はないけれど宿の女将《おかみ》さんが多少魔法を使えるらしく、頼めば別料金で『清浄』の魔法を掛けてくれる。

部屋に入って鍵を掛けると、ホッとした。

「疲れただろ？　少し休んでから、飯に行こう」

私に『清浄』の魔法を掛けながら、彼が提案してくる。

「ねぇ、ディ。もしかして、私、もう魔法を使ってもいいんじゃないかしら？」

普通に魔法を受けてしまったけれど、もう王都を離れたんだから自分でできるのでは？　期待を込めて彼に聞くが、答えはノーだった。

「残念だな。まだ、魔法学校から正式に退学の通知が届いていない。ということは、貴族籍のままってことだ。魔法は使えないな」

「えええぇぇー……」

思わずベッドに突っ伏してしまう。

貴族はいつでも魔力を温存しておかなきゃならないっていうのはわかるけれどさー。

「魔法を使うのが許可制って……不便すぎるわよ。こまめに使ってこそ、いざというとき、咄《とっ》嗟《さ》に使えるものじゃない？」

「まぁ、すぐ魔力が回復する程度の簡単な魔法なら、バレることはないと思うが」

力説する私に、苦笑した彼が歯切れ悪く言った。

ベッドにうつ伏せになったまま、隣のベッドに座っている彼に顔を向ける。

「他の貴族の人たちも、この制約を守ってるの？　あ、でも、アーリエラ様の家では『虫ケラを殺す』魔法を常用してるんだっけ？」

「あれは特殊な事例だから忘れていい」

すっぱりと彼に言い切られる。

「基本的に、貴族が生活の魔法を使うのは恥ずかしいという風潮があるしな。貴族なんていうのは、人を使うのもステータスの一部だから」

「ああ、なるほどね」

理解はできる、そういう考えがあることで雇用が生まれるのだろうし。

「でも……使いたいー！　いまは、平民ってことで行動してるから、見咎《みとが》められることもないし、別に使ってもいいんじゃない？」

「そうだな——。宿の中限定でならいいぞ」

苦笑する彼が根負けしたように言ったので、思わず起き上がる。

「いいのっ？　やったぁ！」

とうとう言質《げんち》が取れたわ！　これで念願の魔法を使う生活よ！

魔法学校でのマーガレット様とした魔法の授業は楽しかったけれど、攻撃や防御ばっかりだったのよね。私はどちらかというと、生活に役立つ魔法が使いたいのよ。

学校の図書室で借りた本で色々勉強はしていたので、あとは実際に使うだけなんだから。

「それだけ元気があるなら、飯を食いに行くか？」

「ええ！　行きましょう」

すっかり元気になったので、彼を急《せ》かして町にご飯を食べに出た。

――ご飯は、まぁ、普通だった。

我が家の料理人が作るご飯が格別に美味《おい》しいから、仕方ないわね。

帰り道に大通り沿いにある大型馬車の発着場に行き、明日の馬車の運行について確認する。

「朝に出るのは、南東へ向かう便が一本に、北東行きが一本か」

「南東行きは、生憎《あいにく》と予約でいっぱいなんですよぉ。ほらぁ、やっぱりこの時期は、海に行く人が多くってぇ」

運行予定を管理している発着場のお姉さんが、カウンターの向こうから申し訳なさそうにバウディに言う。

「妹さんとご旅行ですかぁ？」

ニコニコと愛想よく声を掛けられるが、バウディは考え事をしているようで、壁に掛かった運行表を見たまま返事をしない。

「はい、兄と、知り合いのところへ行くところです」

「ああ、そう」

無視も悪かろうと仕方なく私が答えると、彼女は貼り付けたような笑顔で一言だけ返して、なおもバウディに声を掛ける。

あー、なるほどねぇー。

そりゃ、バウディは顔もいいし、体も逞しくて素敵だもの、肉食女子なら狙うわよね。

でもね、あなたより私のほうが若いし、顔もいいわ！

いくら胸が大きくても、関係ないのよっ！

アピールしているのかカウンターにたわわなお胸を乗せている彼女とバウディのあいだに入り、腕を組んで睨《にら》みを利《き》かせる。

バチッと火花が散った。

「レイ、明日は北東に一回行ってから南に下ろう」

受付嬢と火花を散らしていた私の腰を抱き寄せた彼の言葉に笑顔で頷く。

「わかったわ」

彼に合わせて頷いたけれど、南はよろしくないんじゃないのかしら？　ああでも、使者が南から来るなら行き違うからいいのかも？

「日が陰ったら少し冷えてきたな、もう宿に戻ろうか」

彼が肩を抱いてくれるので、私も調子に乗って彼にくっつく。

バウディが彼女のほうを一切見ないことに溜飲《りゅういん》を下げて、そのまま発着場をあとにする。ふふん！　バウディはそんなお色気になんか負けないのよ！

さっき南へ下ると言っていた行き先への疑問は、宿に戻ってから聞いてみた。

「ああ言っておけば、もし追っ手が来ても、彼女は間違った情報を教えるだろう」

だから、あの場でわざと嘘《うそ》の情報を流したのね、納得だわ。

「それよりも、もう休むだろ？　義足を整備するから、貸してくれ」

「じ、自分でやるから大丈夫よ」

バウディの見よう見まねだけど、一通りの整備は私もできるようになっているのよ。

「俺がやったほうが早いだろ？」

確かにそれはそうだし、彼がやってくれたほうが調子もいいのよね。

だから、自分でやりたいなんて我を通すのはやめて、彼にお任せすることにする。

「ちょっとだけ、向こうを向いてて、いま外すから」

さすがに見られたままスカートを捲《まく》って外すのには抵抗があるのよ。

「はいはい」

苦笑したわね……。以前のように棒きれのような体ではなくなったのに！　ふっくらとした体つきとはいかないけれど、ちゃんと胸も育ってきているのよっ。

彼がうしろを向いたのを確認してから、義足を外す。

接合部が外気に触れて、涼しくて気持ちがいい。いくら通気性のいいスライム素材とはいえ、やっぱり多少なりとも蒸れるのよね。

スカートの裾を直し、彼に声を掛けて義足を渡す。

彼はベッドの上に帆布《はんぷ》を敷いて道具を並べ、いくつかの部品にバラし、ほんの少し油を差していく。

最初の義足だと、ここまでバラしての整備はないんだけれど。この新しい義足は、中に武器を仕込んでいるからか、日々の整備が必要となっているのよね。一長一短だわ。

組み直す手も慎重で、ネジの締め具合には特に注意しているようだった。……私、自分でやるときは適当に締めていたから、そういうのが調子の差になるのかも。

「できたぞ」

「ありがとう」

受け取ったけれど、今日はもうつけずに休みたかったので、ベッドの脇に置いておく。

道具を片付けた彼は、そのまま立ってドアに向かった。

「ちょっと出てくるから、先に休んでてくれ。ドアには魔法で鍵をしておくから、内側から閉めないでくれよ？」

突っ込みたいところはたくさんあったけれど、彼はさっさと部屋を出てしまい、外からドアに鍵を掛けたのがわかった。

鍵を掛ける魔法なんてあるのね、便利そうだわ。絶対に、教えてもらわなきゃ！

私はもう疲れて一緒に出る元気はないいし、彼が出ているいまのうちに寝間着に着替えてしまえるのでありがたい。

もしかしたら、彼は私に寝る準備の時間をくれるために出てくれているのかも？

気遣いのできるいい男だもんね。

さてと！　バウディにも許可は得たから、すちゃっと杖を構え呼吸を整える。

「『清浄』」

ちょっと多いくらいに魔力を放出して、念願の『清浄の魔法』を自分に掛けると、ほこりっぽさが一気になくなった。本当は魔法の杖も使わないような簡単な魔法なんだけど、ほらやっぱり形って大事だものね。

満足してベッド脇に置いてあるトランクケースから、寝間着を引っ張り出して速やかに着替え、着ていたワンピースはベッドのシーツの上にしわにならないように広げておく。

次にケースに入った固めのスライム状の物体をむんずと掴《つか》んで顔にペタッと貼り付け剥《は》がす、洗顔代わりになるうえに化粧水や美容液をつけたようにモチモチプルプルの肌になるのよね。

顔もすっきりして寝る準備も万端。大型馬車でうとうとしたとはいえ、あんなのは寝たうちに入らないのよ。

いそいそとベッドに横になったら、スリーカウントでスコンと眠りに落ちていた。

＊・＊・＊・・＊・・＊

翌朝は、すっきり爽《さわ》やかな目覚めだった。

今日も宿の朝食をしっかりと食べられたし、バウディがメンテナンスしてくれた義足の調子も最高だわ。

「今日もいい日になりそうね」

大型馬車を待つあいだに、近くの店で名物のお菓子を購入してほくほく顔の私に、バウディは唇を緩《ゆる》やかに笑みの形にして目を細めている。さては、目に魔力を集めて、私の魔力が漏れていないかチェックしているわね？

だ、大丈夫……魔力を体内で循環させて体を強化する身体強化の魔法は、ちゃんと淀《よど》みなくできているわよ？　彼も母に負けずに魔力の循環や強化魔法に厳しいから、これからも気を引き締めていかなくては。

無事に北東方面行きの大型馬車に乗ることができた。

このあとは、更《さら》に東行きの馬車に乗り換え、我が国第二の都市へ向かう。

最終目的地である北の辺境伯の領都へ行くには大回りになるけれど、気ままな二人旅だから問題ナシよ。

問題があるとすれば、この四日間ずっと一緒の部屋を使っているにも関わらず、キスのひとつもないことね。

ベッドの端に座ったバウディに見下ろされて、「おはよう、レイ」なんて、朝一番の低い声で言われて、キスされるなんていう素晴らしい目覚めがあってもいいじゃない！　思いを伝え合ったわけだし、私たち恋人同士よね？

なのにあの日以来、外ではスキンシップがあるのに、部屋に戻るとそんな雰囲気にもならないの！

そりゃあ母からしっかり釘《くぎ》を刺されているけれど、キスくらいしてもよくない？

あと、彼が毎日夜に出かけるのも気になるのよね。

せめて、どこに行くのかくらい教えてくれてもいいと思うんだけど、私には言えない場所なのかしら？　なんてチラチラと不穏な考えが脳裏を掠《かす》めるわけよ。

多分ビルクス殿下あたりと内密に連絡を取っていたりするんだと思うんだけど、それならそうと言ってほしい。

そして、トータル四日掛けてたどり着いた第二の都市で、私はいま一人行動をしている。

それというのも、バウディが今日は朝から出かけたんだけど、出がけに大通りなら私だけでも安全だから見て歩いてもいいと勧めてくれたのよね。

杖をつきながら少し面白くない気分で町を歩いていたんだけれど、第二の都市というだけあったメインストリートは華やかで見応えがあり、いつの間にか気分が浮上していた。

素敵な靴屋や服屋の店頭を冷やかしていたが折角の自由行動なので、バウディと一緒では止められそうな護身用の武器とか売ってるお店を探すことにした。

義足の中には三段ロッドが仕込まれているから丸腰ではないが、これだけじゃ心許《こころもと》なさがあるというか。咄嗟に出せなかった場合の、次の手が欲しい――なんていうのは言い訳で、本音を言えば武器を見てみたいのよ、本物の武器を！

この世界には色々な武器があることは知っているの、そして銃刀法なんていう法律もないことも。

合法的に武器を持って歩けるってことは、それだけ危険があるってことだけど、ロマンはロマンなのよ！

結構歩いているけど案外ないものね、なんて思っていたら町の端で視線を一本奥の通りに向けたときに見つけちゃったわ、武器屋の看板を！

これはきっと、私の日頃のおこないがいいからだわ。

大通りを逸《そ》れてそのお店を目指す。区画をひとつ外れただけで、かなり雰囲気が変わるのね。大通りの高級でクリーンなイメージから、少し粗野で庶民的な空気になる。私、こっちのほうが好きかも。

通り沿いに商品のディスプレイなんてない店の無骨なドアを開けると、カランカランと小気味よいベルの音が鳴った。

店内は思ったよりも広く、賑わっている。

一瞬だけ注目されてしまったけれど、すぐに視線が外れていく。ワンピースを着て杖をついてる女の子なんて、場違いな自覚はあるけれど気にしない。

窓のない壁沿いの棚に武器が陳列されており、壁には桁《けた》が違う武器が飾られていた。

色々な形の剣があり、槍《やり》があり、弓がある。

見たことのない形のものもあれば、見たことのある形のものもある。

どうやら手に取ってもいいようなので、試しにひとつ剣を手にしてみることにした。折角だから、細身ではなく刀身が太くてごついのにしようかな。

身体強化なしでは無理なのはわかりきっているので、全身に強化を掛けて剣を片手で持ち上げる。

ずっしりとした重さが手に掛かるけれど、振り回せない感じではない。

「お嬢さんには、ちょっと合わないね。こっちのほうが取り回しやすいんじゃないかな」

突然声を掛けられてビックリしたけれど、冒険者というにはこざっぱりした身なりの青年が、人好きのする笑顔で別の剣を勧めてきた。

店員さんかな？

金色の髪に、濃藍《こいあい》の瞳、身長はバウディと同じかそれ以上、ただし彼のほうが線が細い。

彼の勧める剣を見れば、細身で剣の長さも短めで、確かに私にも扱いやすそうに見える。

「持ってみるかい？」

彼の言葉に頷くと、彼は私の持っていた剣を取り上げて、細身の剣を渡してくれる。

私から取り上げた大剣は絶対に男性でも重いのに、軽々と持っていることから、彼も身体強化を使えることがわかる。

身体強化は冒険者には必須の技能だけれど、ここに来るまでに見かけた冒険者の身体強化はかなりお粗末……いや、自己流なのかな？　だったけれど、彼の身体強化は一筋の漏れもなくて美しいの。こっそり見ちゃった。

「確かに、こちらのほうが手に馴染《なじ》みます」

細い剣を手にして率直な感想を言えば、彼はそうだろうと頷いた。

「持ち手は買うときに滑り止めを巻いて調整できるよ。とはいえ、君には剣よりも、投擲《とうてき》系の武器をお勧めしたいけどね」

「投擲ですか……打撃系の武器のほうが好きですけど」

おずおずと言った私に、彼の笑顔が深くなる。

「打撃かぁ。対人戦だと有効だが、獣だと不利になるかもなぁ」

そ、そうか！　普通武器は獣を狩るのに使うのね。

想定していたのが、隣国の使者だったから、人間に使うことしか考えてなかったわ。

「こっち、こっち」

彼に手招きされて、投擲系の武器が置かれている場所に移る。

並べられているひとつに、興味を惹《ひ》かれた。

「これかい？　これは硬質の糸だね。硬質とはいえ、糸は糸だから切れることもあるし、クセが強いから素人《しろうと》は手を出さないほうがいいね」

昔祖母と見た時代劇を思い出したのよね。あれは三味線の糸だったかしら？　同じようなことができるかなと思ったんだけどな。

「色々な武器があるんですね」

「面白いよね。ほら、コレなんかお勧めだよ」

出してくれたのはクナイだった。

彼はクナイを矯《た》めつ眇《すが》めつ見つめると。

「うん、これは悪くないな」

そう言って、それをカウンターでお会計をしてしまった。

あっ！　このお兄さん、店員さんではなかったのね！

彼と一緒に店を出ると、買ったばかりのクナイをハンカチに包んで差し出された。

受け取っていいものか判断できずに躊躇《ためら》った手に、ずっしりとしたクナイを握らされる。

「はいこれ。今日、出会った記念に。返品は不可だよ」

バチンとウィンクされて、毒気を抜かれてしまった。

ふふっ、記念の品が投擲武器って、イカすわねこのお兄さん。

「ありがとうございます。使いこなせるように、練習しますね」

思わず笑いながら受け取った私に、彼は眉をひょいと上げた。

「使い方のコツを教えてあげたいところだけど、生憎と町中での武器の使用は許されていないからなぁ」

「コツとかあるんですか？」

「そうだね、投げるときの腕を振り抜く速度もそうだし、身体強化も、振り抜く瞬間だけにすると威力が増したりね」

なるほど、色々工夫の余地があるわけだ。

この世界には魔法があり、身体強化があるから余計に工夫の幅が大きいのよね。

「とても面白そうです。本当に、こちらをいただいてもいいのですか？」

「ああ、君のために買ったんだ。大きさも、私が使うには小さいからね」

なるほど、バウディ並みに長身のこの人なら、もう二回りは大きなものが合いそうだ。

「さて、君にひとつ言っておくことがある」

彼が真面目《まじめ》な顔になって、私を見下ろしてきた。

私も姿勢を正して、彼を見上げる。

「君のようなお嬢さんは、こんな奥の通りに入ってはいけないと保護者から言われてないか？　ましてや、武器屋を覗《のぞ》くなんてもってのほかだ」

「あら、私くらいの子なら他にもたくさん歩いていますよ」

この通りには庶民的な店が多く、私くらいの年齢の娘さんが普通に買い出しをしているし、私より若くても働いている子もたくさん見かける。

「そうではないだろう。貴族のお嬢さん」

声を潜《ひそ》めて言う彼に、苦い気持ちになる。

すぐにでも平民になりたいのに、はじめて会った人にも貴族だとバレてしまうなんて、先行きに不安を感じるわ。

「——そうですね。もっと、注意します」

彼は貴族の娘である私が危険な目に遭わないように安全な場所に誘導したいのだろう、大通りを目指して歩きだした彼に、おとなしくついていく。

こうしておとなしく彼について歩く理由は二つある。

ひとつは、万が一彼が私に害をなそうとしても、これだけの人がいればどうにかなるだろうから。

もうひとつは、彼の雰囲気がバウディにそっくりだから、親近感があって警戒心が湧《わ》かないのよね。

彼を頭から信じるわけじゃないけれど、少なくとも現在私を陥《おとしい》れる気がないだろうっていうのはわかるし。

大通りにたどり着くと、彼はニッコリと笑って私を見下ろした。

「では、お嬢さん。大通りを逸れて迷子にでもなったら大事だ、気をつけて」

もう一度お礼を言おうとした私を制して、彼はフラリと町の雑踏に紛《まぎ》れた。一瞬で彼の背中を見失ってしまったのは、まるで白昼夢を見たかのように不思議な感覚だった。

でも、手には間違いなくクナイがある。

「狐《きつね》に化かされた気分だわ」

もらったクナイを大事にバッグにしまい、気を取り直して大通りを歩く。

目標とは違うものの武器を手に入れたので、もう大通りを逸れるのはやめておこう。

――なんてことを思っていたのに！

私はいま、杖を持って奥まった通りを走っている。

「はっ、はっ、こ、この義足でも、案外、走れるの、ねっ」

バウディが日々メンテナンスしてくれているからかしら。

「お嬢さん、こっちだ」

「え？　あ、さっきの、あ、うわっ」

横の細い路地から先程の金髪の青年が顔を出して私の手を引き、腰に手を回して強引に方向を変えて路地に引き込むと、私の腰を抱いたまま地面を蹴《け》って軽々と飛び上がり、三階の窓の手すりに着地した。

「ひぇぇ……っ」

「しっ」

細い足場だし、絶対に耐荷重オーバーしてるっ！　超怖いんですけれどもっ！

けれど、彼の言葉に口を閉じて、手すりが折れないように祈りながら息を殺した。

眼下では、私を追っていた男がキョロキョロと路地を見ている。

「くそっ！　いい金ヅルを、逃がしちまった！」

なにがいい金ヅルだ！　肩が当たっただけで大袈裟《おおげさ》に転んで、骨が折れたから医者に行く金を寄越せなんて、古典的すぎるわ！

あんだけ元気に走っておいて、どこの骨が折れてるっていうのよ！

こっちの世界ではじめての強請《ゆす》りだったから、ひとけのないところでやり返そうと思っていたところを、彼に助けられてしまったのよね。

助けられたのは違いないので、お礼に彼をお茶に誘うとあっさりと乗ってくれた。

「君は、なにかに巻き込まれる体質なのかな」

喫茶店でコーヒーを飲みながら、彼にしみじみと言われてしまう。

「いいえ、そんな体質ではありませんよ」

ニッコリと否定すると、愉快そうな目を向けられてしまった。

「先程は助けていただき、ありがとうございました。できれば、次回はもう少し、心臓に優しい方法でお願いいたします」

「次回か」

私の言葉に一度目を大きくしてから愉快そうに笑った彼は、善処しようと約束してくれた。

「君は随分変わっているね」

優雅にカップを傾ける彼の所作に見蕩《みと》れてしまった。アーリエラ様よりも気品を感じるわ。

「それで——いつ、気がついたのかな？」

彼の言葉に、心の中で首を捻《ひね》る。気がついたって、なにが？

意味がわからず微笑《ほほえ》んでいると、彼は肩を竦《すく》めて話題を変えてくれた。

「それにしても、この国は不便だな。貴族は自由に魔法を使えないんだろう？」

「ええ、本当にそうですね。でも、それが、いつでも有事の際に魔力を使えるようにしておくため、というのなら仕方のないことだと思います」

魔法学校の歴史の授業で習ったことだけれど、まだ世界がいまのように落ち着いておらず、群雄割拠《ぐんゆうかっきょ》の時代だった頃。この国は、開戦の宣言なく敵国の奇襲を受けた過去がある。

その頃は、貴族もいまのように魔法の制限がなくて、日常的にバンバン使っていたからか、奇襲を受けたときに魔力が足りずに応戦できなかった貴族が何割かいたらしい。

辛くも敵を退けたけれども、事態を重くみた当時の国王が、貴族に対して魔法の使用を制限する法律を作ったのだ。

「ああ、その経緯は少し違うな。確かに応戦できなかった貴族はいたが、それは貴族として満たない魔力しか持っていなかっただけだ」

彼が皮肉っぽい表情で、そう語る。

「当時の王が、魔力の使用の制限と併行して、貴族が魔法学校を必ず卒業しなければならない、なんていう法を作ったのは、魔力の足りない貴族をふるい落とすためもある」

彼の言葉に、なるほどと納得してしまった。

魔法学校は一定以上の魔力がないと、卒業するのが難しいんだよね。

「法が施行されてかなり経過しているから、魔力の少ない子供は予《あらかじ》め養子に出されていると みて、間違いないだろうな」

「なるほど。現状に至るまでに、色々なことがあったんですね。ところで、お兄さんは一体どなたなのでしょうか？　私はレイミと申します」

「…………」

私の一言で彼は私を凝視《ぎょうし》し、それから視線を外してなにか思案するように顎《あご》に手をやり黙り込んだ。

それから私に視線を戻すと、真顔で一言こぼした。

「君は面白いな」

長考して出てきたのが、その結論なのね。

「楽しんでいただけたなら幸いです」

ニッコリと笑って答えると、彼は少し姿勢を崩して、ニヤリと笑った。

「では質問です、私は誰でしょう？」

クイズですか、そうですか。

ということは、もしかすると私は彼のことを知っているのかもしれないってことね。

私がピンチのときに助けてくれたことから可能性として高いのは、ビルクス殿下がこっそり私につけた見張りの人という路線だけど、でもこんなイケメン、派手すぎて見張りにはならないわね。

そしてこぎれいすぎて、冒険者という感じでもない。

となると、彼の正体としてもうひとつの可能性が思いつくのよね。どう考えても、もの凄《すご》く確率は低いし、もし予想通りだとしたら恐れ多くてこんな風に、フレンドリーにお茶なんてできない相手なのよね。

「おっと、君の保護者が来たようだ」

そう言って立ち上がった彼の視線を追えば、遠くにキョロキョロしているバウディが見えた。

「では、君のご厚意に甘えて、ここの支払いはお任せしよう」

「はい。どうぞお気をつけて」

ひらりと手を振り店を出た彼を窓越しに見ていると、案の定バウディのほうへ真っ直ぐに向かい、何事か話してから店の中にいる私を指さした。

「……二人並ぶと、雰囲気がそっくりね。うん——気付かなかったことにしよう」

ビックリするくらいフットワークの軽い王子様だわ、ってそういえばウチの第二王子殿下も、フットワークが軽かったわね。

まぁ、正体を知らなかったんだから、多少の不敬は大目に見てくれるわよね！

「レイ、ここにいたのか」

少し汗を掻《か》いているバウディが、私の隣に座る。

「ディも、なにか飲む？」

「もう頼んできた」

ハンカチを差し出しながら聞くと、彼はそれを遠慮して自分のハンカチを出して額《ひたい》やら首の汗を拭《ぬぐ》った。

すぐに出てきたコーヒーで喉を潤《うるお》してから、彼が近況を口にする。朝から別行動だったのは、やっぱりビルクス殿下からの情報を受け取りに行っていたからのようだ。

「ミュール様が、私たちを探してる？」

隣同士で座ったのは、こそこそ話してもいいようにだったのね。

肩を寄せ合い、恋人同士の距離で微笑みながら重要な話をしているので、一見するといちゃついているように見える。

「ああ、金に糸目をつけずに、なりふり構わず探しているらしいな」

ということは、バックにアーリエラ様が？

アーリエラ様のブレヒスト家はいま大打撃を食らっているので、自由に動けないものね。我が家の流通を止めるなんてことしなきゃよかったのに、あれがあったからブレヒスト家がどれだけの商家に対して影響力を持っているかがバレたんだし。

そもそも、アーリエラ様のノートの中でも、ミュール様を追い詰めるために似たようなことをやって、尻尾が出たんじゃない。

でも……それにしたって、行動があまりにお粗末な気がするわね。本当にアーリエラ様だけの意思なのかしら？　もしかしたら、悪魔と呼ばれるようになった、碧霊族《へきれい》の青年の意思も関係していたりするのかな？

「探し方が下手《へた》すぎて、昨日やっと王都を出たらしい」

バウディが苦々しいんだか呆《あき》れてるんだか、なんともいえない顔をする。

「ということは、四日もこちらが先行してるってことね」

こちらの初動が早かったせいだとは思うけれど、それにしてもいまごろ王都を出るなんて、遅すぎない？

「そういうことだ」

「彼女が私たちを探しているのって、もしかするとディの故国から、使者が来ているのと関係があるのかしら？」

バウディルートと呼ばれる、ヒロインとバウディがくっつくストーリーに、アーリエラ様が執着しているようだったし。

「ああ。どうやら、どうにかして使者と連絡を取り合っているようだ。ミュール嬢が我々を探し、その情報を使者に伝えているんだろう」

ふむ……腕の悪い諜報員《ちょうほういん》って感じかしらね。

「ところで、他国の使者ってどのくらい滞在するものなのかしら？　ええと、使者が来て、今日でもう四日も経《た》っているんだから、もうそろそろ帰ったりしないの？」

「まだまだ帰らないだろうな」

帰らないのかぁ。

げんなりしてしまったのがバレたのだろう、バウディが苦笑する。

個人の旅行と違って、数日で帰るというわけではないのね。

「何日くらい、こっちにいると思う？」

「日程とルートは国に提出されているが、変更はあり得るものだ。きっとなにか理由をつけて期間を延ばしたりして、こちらへ向かってくるだろう」

彼の言葉に、なるほどと頷いた。

「だから、殿下はカレンド先輩の領地に行くことを推奨《すいしょう》したのね。——あちらの出方をみて、こっちが態勢を整える時間を稼げるように」

私の言葉に同意するように、彼の目が楽しそうに細まる。

「辺境伯領なら、融通が利くだろうからな」

王都を出るときに、南ではなく北をお勧めされた理由に納得した。

「じゃぁ、もうそろそろ、辺境伯領に向かったほうがいいのかしら？」

「そうだな。明日の朝早くに北に向かう馬車が出るようだから、それに乗ろう。本当なら、ここでもう一日ぐらいデートをしたかったんだがな」

そんなことを言う彼を見上げれば、色気のある流し目をされた。

近距離でそういう破壊力のある表情はやめてほしいわ、ほら顔が熱くなるっ。

「そうね、移動ばかりで、全然デートできてないものね」

恥ずかしさに思わず顔を背《そむ》けて、ちょっと当てつけるようにそうぼやけば、テーブルの上でカップを弄《いじ》っていた手をするりと取られ、指を絡められた。

「折角だ、これからデートしよう」

ビックリして彼のほうを向けば、指を絡めた手を持ち上げられ、目を見つめ合ったままで指にキスされて——私は撃沈した。

彼は虫の息になった私をエスコートして店を出ると、そのまま私を彼の肘《ひじ》に掴まらせて町を歩き、折角だから町の名所である中央の塔に上ろうと誘ってきた。

「でも私、少し疲れちゃったから、上まで歩けないかも」

「問題ない」

弱音を吐いた私にそう言って、彼は片腕で私を抱き上げて階段を上りはじめた。

運びやすさを考慮して、安定感抜群の力強い腕に乗り、彼の首に腕を回してくっつくわけなんだけれども……ドキドキする心臓がバレないか気になってしまう。

「さぁ、ついた」

彼の声に顔を上げると、そこは塔の展望台だった。

「わぁ……いい景色ね」

高層ビルや飛行機からの景色を知っている身としては、そこまで高くは感じないが、安全装置がない状態で外が見えるのはスリリングね。

私を抱えてくれているバウディに掴まっている手に、つい力が入ってしまう。

「もしかして、高いところは苦手か？」

彼の問いに咄嗟に否定しようとして、やめた。

「いままで気付かなかったけれど、そうかも」

彼の首筋に顔を埋《うず》め、外を見ないようにしたら少し落ち着いた。

思い起こせばその兆しはあったわね、バウディに抱っこされて凄いスピードで家に帰ったときとか、もう二度と嫌だと思ったもの。

「そ、そうか。すまない、急いで降りよう。ちょっとこれを持っててくれ」

「え？」

そう言って私に杖を持たせると、彼は最速で階段を降りた。

降りたというか、踊り場までジャンプして跳ぶ、を繰り返した。

魂が半分抜けたわ。

目も口もしっかり閉じてしがみついていたけれど、壁も走っていた気がするの……塔の管理の人に怒られるんじゃないかしら。

時々「わぁっ」とか「きゃぁっ」とか聞こえたので、驚かせた皆さん本当にごめんなさい。

「もう大丈夫だ、ついたぞ」

「全然、大丈夫じゃないわよっ！」

どうして普通に降りなかったのか、以前もこういう運び方をしたときに注意したのにどうして繰り返すのかと、怒ったわよ。

「す、すまん。以後気をつける」

という言質を取って和解。

近くの広場で少し休んでから、しょんぼりしている彼に尋《たず》ねた。

「次に行く場所の予定はある？」

「いや。どこか行きたい場所があるのか？」

行きたい場所というか、やりたいことね。

「実は、さっき会った人から素敵なプレゼントをもらったから、広い場所で練習したいなと思ったの」

まぁ、バウディのお兄さんなんだけどね！

「さっき会った人……。因《ちな》みに、なにをもらったんだ？」

さすがバウディね、少し動揺しただけで持ち直すなんて。

「投擲用の武器よ」

「…………」

なにか色々言いたそうに表情を変え、がっくりと肩を落とした。

「あの人は、なにを考えているんだ……」

彼から漏れた言葉に、思わず笑ってしまう。怪訝な顔をした彼に謝りながら笑いを止める。

「ふふっ、兄弟仲がいいのね」

そう言った私をチラリと見た彼は、参ったというように自分の髪をくしゃりと掻《か》き混ぜた。

なにせ国を出奔《しゅっぽん》したくらいなんだから思うところはあるのだろうけれど、現状お兄さんと仲がいいのはいいことだ。なにせアーリエラ様のノート通りだと、お兄さんと戦って王位を奪取するなんて血なまぐさい未来もあったようなので、そんなことにならないように是非お兄さんとは仲良くしておいてほしいわ。

「それで、どうして武器なんてもらうことになったんだ」

あ、やっぱり突っ込まれた。

言い訳せずに潔《いさぎよ》く経緯を伝えれば、彼は溜《た》め息を吐き出して飛び道具を練習できる場所に連れて行ってくれた。

それがまさか、冒険者が集《つど》う集会所だなんて思わなかった。

うわー！　無骨な建物に、無骨な人々！　土埃《つちぼこり》の匂いがする！

テンションが上がっていくのを理性で抑えながら、バウディについて中に入ると、個性的な武器や防具を装備した人たちがガヤガヤしていた。

女の人もいるし、私と同じ歳《とし》くらいの子もいるが、一様に怪訝な視線を私に向けてくる。場違いな自覚はあるので、舐《な》められないように堂々としておく。

こういうのは、弱気を見せたらつけ込まれるものだとよーくわかっているもの。

部屋の奥にあるカウンターに真っ直ぐ進んだバウディは、そこで訓練場を貸してほしいと交渉する。

「申し訳ありません、ギルドに登録してある方以外にはお貸しできない規則ですので」

職員さんのその言葉に、バウディは首に掛けていたチェーンを引っ張って、服の中からタグを取り出した。

「ああ、冒険者の方でしたか。それでしたら問題ありません、お連れ様もご利用できますよ。ご利用料金は――」

え、バウディって冒険者だったの⁉　驚きに突っ込みも入れられない私を尻目に、バウディは約二時間分の利用料金を支払い、奥にある廊下を通り建物裏手にある訓練場へ向かう。

「ディ、あなた、冒険者だったの？」

廊下を進みながら、興味津々《しんしん》で彼を問いただす。

「故国を出て暫《しばら》くは、冒険者として日銭を稼いで旅をしていたからな」

「知らなかった、そうだったのね」

肩を竦めた彼は、驚いた私の頭を大きな手で撫《な》でる。

「まぁ色々あって、長くは続けられなかったが。あれも、いい経験だったな」

「へぇ！　ねぇ、今度、冒険者時代の話を聞かせてくれる？」

ねだる私に彼は緩く笑って「今度な」と答えてくれたので、楽しみにしていようと思う。

たどり着いた訓練場には、私たちだけでなく数名の冒険者がいた。

室内ではあるけれど地面は土で、壁のひとつの面には的が据え付けてあり、弓などの訓練ができるようになっている。

私たちは、的が置かれているほうへと移動した。

「さて、物を出してもらおうか」

彼に急かされて、クナイを取り出して渡す。

「剣などでなくてよかったよ」

そう言うと的のほうを見て、無造作に手を振った。

スパァン――

いい音を立ててクナイが的に突き刺さり、私を含めてその場にいた人間が全員一瞬止まった。

「ど真ん中とはいかなかったか」

残念そうに言うけれど、ほぼ真ん中よ？

「次は私がやってみるわ！」

的まで行き、ざっくりと刺さり込んでいるクナイのうしろについている輪の部分に指を掛けて、身体強化を使って引き抜いた。

先程バウディが投げた場所より手前で的と向き合う。彼は凄く無造作に投げていたけれど、私は初心者なのでしっかり狙っていこうと思うの。参考にするのは時代劇、子供の頃におばあちゃんとよく見ていたのよね。

指を揃《そろ》えてクナイを乗せて親指で持ち手を押さえ、腕を真っ直ぐに伸ばして肘を動かさずに腕を曲げていく。

そして的を狙って、腕を素早く伸ばしきる前にクナイを放して飛ばす。

スパァン――

的の上のほうにかろうじて刺さったけれど、コツは掴んだわ！　身体強化を使えば、真っ直ぐに飛ぶのね、重力なんか計算しなくていいみたい。

「もう一回やるわね」

いそいそとクナイを抜いてきて、先程よりも離れて構え、同じようにクナイを振り抜く。

スパァン――

今度は真ん中に刺さった。

訓練場にいた人たちがざわっとしたけれど、バウディが見渡すとそれぞれ自分の訓練に集中していった。

「……教える必要はなさそうだな」

「そんなことはないわ。まだまだ、身体強化に無駄が多いもの。コレをくれた人も、身体強化の掛け方にコツがあるみたいなことを言っていたし。それにしても、いちいち取りに行くのが面倒ね」

「糸をつけることもできるが、あれは間違うと指を落とすから、駄目だな」

真面目な顔で言われ、糸が指に絡まるところを想像して、ぶるっと震えた。

「わかったわ、やめておく。でも一本だけだったら、一度投げたら終わりだから、何本か持っておいたほうがいいわよね？」

うきうきしながら言った私に、バウディは微妙な顔をする。

「どうやって携帯するつもりだ？」

足にガーターベルトをつけて——なんて言ったら怒られそうだ。

「こう、腰にポーチでもつけたらどうかしら？」

「……やっぱり一本だけにしておこう」

譲らない彼と睨み合う。

「何本もあれば、数に頼るようになる」

「でも本数があれば、撹乱《かくらん》できるわ」

「撹乱するだけなら、そこらに落ちている石で十分だろう」

ああ言えばこう言う！

口をとがらせる私に、彼は的に刺さっているクナイを取ってくる。

「手首だけで投げるのも、練習しておくか」

そう言って、手にしたクナイを手首のスナップだけで飛ばしてみせてくれた。

ドスッ——とクナイが的に埋まった。

ひぇ……さっきまでは、身体強化せずに投げていたのね。

それからは、いつものスパルタ。

二時間みっちり使って、私はある程度崩れた体勢でもクナイを的に当てられるようになった。

それにクナイって投げるだけじゃなく、ナイフみたいに使うこともできるし、持ち手のうしろについている輪に縄を括《くく》り付けてクナイを錘《おもり》にして飛ばして縄を引っかけて、高いところに上るなんて使い方もあるの。

一通りの使い方は教わったけれど、まだまだ使えるという域には達していないのよね！　二時間じゃ時間が全然足りないのよ。

「はぁ、はぁ、はぁ、はぁ……」

息切れしている私に清浄の魔法を掛けた彼に担《かつ》がれて、訓練場をあとにする。予定時間内に退出しないと、追加のお金が発生するので急ぎたいけど、膝《ひざ》がガクガクで歩けなかったのよ。

「動きやすい服も、持ってきておけばよかったな」

彼の言葉に同意して頷く。

ホールに続く廊下で下ろしてもらい、息を整えた。

「はーっ、久し振りにいい運動になったわ」

とはいえ、そう簡単には膝の疲労はなくならないので、杖は彼に持ってもらって彼の腕に掴まる。

「大丈夫か？」

「ちょっと疲れただけ、少し休んだらちゃんと歩けるようになるわよ」

って言ったのに、過保護な彼に抱き上げられて近くのレストランへ行き、そこで夕飯を食べていくらか回復して宿へ戻った。

回復したとはいえ、一度疲れ切った体はベッドに入ると意識が眠りに落ちてゆく。

「お休み――」

唇に触れた感触にわずかに意識が浮上したが、目を開けることはできなかった。

お休みのキスは、意識のあるときにしてよねっ！

・✱・・・✱・・*

翌日は早朝に宿を出て、北に向かう大型の馬車に乗った。

四頭立てで引いているだけあって二十人以上乗れるし、車体の軽量化のためか、木製ではなく帆布の幌が掛かっていて前後が大きく開いているので御者席から後方に風が抜けて涼しい。

そして、例に漏れず乗り心地もいい。

席はほぼ埋まっていて、馬車の左右とうしろには護衛がついている。

ここに来るまでの馬車には、護衛なんてついていなかったのにどうしたのかしら？　そんな疑問は馬車の中も外も和気藹々《わきあいあい》とざわつく喧噪《けんそう》に紛れて、すぐにどうでもよくなった。

それよりも、バウディに確認しておきたいことがあったのを思い出す。

「ねぇ、素朴な疑問を確認しても、いいかしら？」

「俺で答えられることなら」

「普通、ええと、偉い人って、他の国にホイホイ入れるものなの？　その……問題とかは、ないのかしら？」

隣の国の王太子である、バウディのお兄さんのことだけどね。不法入国ではないと思うけれど、気になるじゃない？

なるべく小声で、彼にだけ聞こえるように尋ねる。

「問題は解消済みだ。普通は相手国に打診してからだが、今回の件については、副会長殿を通して話をしてあるから大丈夫だ」

副会長というとビルクス殿下ね、第二王子殿下経由で手を回しているってことなのね。

ビルクス殿下はたったひとつ年上なだけなのに、もうバリバリ国政に関わることもしているから、アーリエラ様の凡庸《ぼんよう》さが目立っちゃうのよね。

ビルクス殿下はあのノートの中でも有能で、ブレヒスト公爵家の悪事を暴いて婚約を破棄、そして最後のほうで闇に落ちたアーリエラ様をヒロインちゃんと手を取り合って倒していたりもして、有能感が強かったわ。

「……あれ？　そういえば、どうしてディのお兄さんまで、こっちに来てるの？　いま王都にいる使節って、ディを、その、傀儡《かいらい》にしようとしている人たちよね？　お兄さんは、こっちにいて大丈夫なの？」

「いわば、反王太子派ってことだ。私の勝手なイメージだと、隙《すき》あらば王太子であるバウディのお兄さんを追い落として、……なんなら暗殺とかするもんだと思うんだけど、危険じゃないのかしら。

彼は考えるような仕草で天井を見上げてから、私に視線を向けた。

「兄も昔は典型的な跡取り息子だったが。俺が出奔してから、方針転換したみたいでな」

「方針転換？」

首を傾《かし》げた私に、彼は愉快そうに頷く。

「いまじゃもう、なんでも自分でやりたがる人なんだ。自分で見たり、聞いたりしたいらしい。そんな風だから、煙たがられるのが強くなったというのもあるな。各地をお忍びで巡って、国内で足を運んだことのないところはないらしい。だが、そんな風に兄が各地に顔を出すと、やりづらさを感じる人間もいるんだろう」

自分の領地を見られたくない貴族がいるってことなのね。でも監査だったら書類を揃えなきゃならないだろうし、接待もしなきゃならないだろうから面倒で嫌がるっていうのはあると思うけれど、お忍びってことは監査とは違ってそういう煩《わずら》わしさはないだろうし、領地を外からチェックされるだけだろうに……。嫌がるなんて後ろ暗いことがあるっていってるようなものじゃない。

「それにしても、ふふっ、お忍びで出かける、って本当にあるのね」

祖母と見ていた時代劇にも、お忍びで町に出ていたお奉行《ぶぎょう》様がいたけれど、テレビではなくリアルでもあるなんて。

「さすがに単身では行かないが、二、三名の供だけ連れて出ることなど、ざらしい」

なんだか楽しそうでワクワクしてしまうわ、お供が数人っていうのもいいわね。

「随分と自由な人なのね」

「元々は、四六時中机に張り付いて、政務をこなしているような人だったんだ。真面目で、融通が利かなくて、いつもピリピリしていたな」

当時を思い出しているのか、懐かしそうに苦笑いする。

「それならどうして、お忍びするほどの自由人になったの?」

「本人に聞いたことはないが。多分、俺がいなくなったことで……実質、後継者争いがなくなって、安心したんじゃないかと思う」

「安心したから、なのかしら? いままで我慢してたものが、弾けたんじゃなくて?」

子供の頃に漫画やゲームを規制されていた子が、大きくなって箍《たが》が外れることがあるけれど、そういうのではないかしら？

「確かに、ディがいなくなったのが、きっかけになったのかもしれないけれど、それだけが理由だとは思えないわね。お兄さんに、理由を聞いてみたら？」

彼の言葉には、なにか暗い含みを感じるのよね。もしかしたら、自分のせいで、なんて考えているのかもしれないけれど、悩むくらいなら確認すればいいのよ。

「理由を聞く、か。そうだな……聞いてみるか」

「ところで、お兄さんが外に出歩いているあいだって、お仕事はどうなってるの？」

ずっと仕事人間だった人の分の大量の仕事はどうしたのかって、気になるわよね。いままで、バリバリ仕事をしていた分を誰かが負わなきゃならないわけだし。

「仕事は、父や側近がやっているだろうな。自分が多少抜けても回る、ってことに気付いたのも、兄が外遊に力を入れる理由のひとつなのかもしれないな」

「ああなるほど。バリバリやってたときは『自分がやらなきゃ』っていう責任感で全部やってたんだろうけど、他の人に任せることを覚えたのね。ふふっ、ディがきっかけで、お兄さんもいい方向に向かっているのかもしれないわね」

「兄もいい方向に、か」

私が笑顔で指摘すると、彼は緩く笑って私の目元にキスをしてきた。そして膝の上にある私の手を大きな手のひらで包んでそっと握ると、動揺して顔を熱くする私の肩に顔を伏せる。

「あなたは……いつだって前向きで。私を癒やしてくれる」

溜め息のような、彼の声が聞こえた。

本当に私が癒やせているなら、嬉《うれ》しいけれど。癒やしが必要なほど傷ついているのは、ちょっと悲しいわね。

私は返事をせずに彼の頭に頭を寄せて、彼の手を握り返した。

幕間　生徒会

あの日、生徒会の面々がレイミ・コングレード宅を訪れた日まで遡《さかのぼ》る。

レイミ・コングレードが他にも見せたい書類があるからと部屋を出てすぐに、第二王子であるビルクスは立ち上がり、バウディの側《そば》へと近づいた。

アーリエラ・ブレヒストの手記を読み終えて、彼の名がアフェル・バウディ・ウェルニーチェ……十年以上前に隣国を出奔《しゅっぽん》した王位継承権を持つ王子であることを知った。

魔法学校での出来事、そして彼の存在が手記の正当性をなによりも強く裏付けたのだ。

「あなたは、今後どうするおつもりですか」

長身のバウディを見上げるようにして静かに聞くと、彼は姿勢を従者のそれから貴族的なものへ変えてそっと笑みを浮かべる。

「どうする、とおっしゃいますと？　――いや、無駄《むだ》な問答は不要ですね。私は、レイミ嬢と共にあれさえすればいいのです。身の丈に合わぬ野心は持っておりませんし、こちらの国に迷惑を掛けるつもりも、一切ありません」

ビルクスに対して対等なバウディの態度に、まだ事情を知らないカレンドとベルイドは怪訝《けげん》な顔をするものの、二人の雰囲気にのまれて口を挟むことはできなかった。

レイミ・コングレードと共にあることだけを望むというバウディを、ビルクスは探るように見る。

その視線を受けて、彼は苦笑して言葉を足した。

「王太子である兄とは、不仲ではないのですよ。久しく疎遠《そえん》ではありましたが、最近連絡を取り合うようになりまして。協力して火の粉を払うくらいには、お互いを信頼しております」

レイミにアーリエラのノートを見せられるまでは、出奔した自分を探し出し傀儡《かいらい》としようとしてくる相手を適当に対処していたが、いまは接触してきたバウディを擁立《ようりつ》しようと考えている派閥の情報を兄である王太子に送り、見返りにいくらかの伝手《つて》を借りるようになっていた。

「なるほど、よい関係でいらっしゃるのですね」

納得したようなビルクスに、バウディは小さく笑って頷《うなず》く。

「我が国とあちらの国も、あなたたち兄弟のように手を取り合っていきたいものです。願わくば、いままでと変わらずに」

「ええ、あちらも、同じように思っているはずですよ」

あちらの国とこの国は接している面が少ないせいか、昔からつかず離れずのほどよい距離感で付き合ってきた。

今後も、同じようにつかず離れずでいたい――間違っても、アーリエラの手記のように、バウディが王位を簒奪《さんだつ》するための支援をこの国がするような、深い関係は双方望んでいないことを確認し合う。

「それはよかった」

欲しい答えを得られたビルクスは、ホッとしたように表情を緩める。

「ただ……この家に不当な干渉をする者がいるのは、正直なところ腹立たしいので、そちらでも対応していただけると嬉《うれ》しいのですが」

バウディが暗にブレヒスト家の処分をほのめかすと、ビルクスは表情を真面目《まじめ》なものに変えて頷いた。

「勿論《もちろん》です。道理に適《かな》わぬ者は、相応に罰を受けるでしょう、たとえ大貴族であっても。いや、大貴族だからこそ、民の手本とならなくてはなりませんから」

ビルクスが必ずブレヒスト家の不正を断じると確約すると、バウディは胸ポケットから折り畳んだ紙を取り出して彼に差し出した。

「どうぞ、こちらもお役立てください」

内容はわからぬものの、有益な情報だろうと手を伸ばす。

「ありがたく、頂戴《ちょうだい》します」

そのとき、部屋のドアがノックされ、ビルクスは素早く紙をポケットにしまうと、バウディにしっかりと頷いてみせる。

ビルクスが席に戻ると、きっちりと綴《つづ》られた紙の束を手に、レイミが意気揚々と部屋に入ってきた。

＊・＊・＊・・＊・・＊

夏期休暇中のとある午後。人の気配のない魔法学校の、防音に定評のある生徒会室に三人が集まっていた。

「祖父も喜んで手を貸してくれました。思った以上に、公爵家は黒かったですね」

「ああ、これは……なるほど」

宰相の孫であるベルイドが用意していた資料を受け取ると、ビルクスはそれに目を通しながら口元を緩《ゆる》めた。そして楽しげな表情のまま、猛然と資料を捲《めく》りはじめる。

「宰相閣下は、なにかおっしゃっていたか？」

カレンドの言葉に、ベルイドはなんともいえない微妙な顔で口を開いた。

「ああ。いままで狡猾《こうかつ》に潜《ひそ》んでいたのに、ここにきて随分と稚拙《ちせつ》な動きをすると。もしかすると、これは罠《わな》ではないかとも疑っていたが」

「罠……なるほどな、あり得そうだ。あのブレヒスト家が水面に顔を出すということは、相応の下準備ができているとも考えられるな」

カレンドが納得するが、ベルイドから渡された書類に目を通し終えたビルクスは、資料をカレンドに回して緩く笑みを作る。

「警戒するに越したことはないだろうが、公爵側の罠だという考えは、杞憂《きゆう》ではないかと思う。時期的に見て、アーリエラ嬢が精神魔法の本を入手したあとだろう」

レイミ・コングレードの家を訪ねたあとに、二人にはアーリエラ・ブレヒストの手記を見せてある。

彼女が能力を使って稚拙な行動を起こしたのだと考えるのが妥当《だとう》だと、ビルクスは考えているのだ。

「時期としては合うが。この頃の彼女の精神魔法は、精神力が強ければ効かないのではなかったか？　そんなに多くの人間が、彼女の魔法に掛かるとは考えにくいだろう」

ベルイドが投げかけた疑問に、ビルクスは首を横に振る。

「必ずしも、あの手記の通りであるとはいえないだろう。現に我々の誰も、ミュール・ハーティに心惹《ひ》かれてはいないのだから。ブレヒスト嬢の精神魔法が、既《すで》に進化している可能性は否定できない」

ビルクスの言葉に、ベルイドが押し黙る。

資料を捲っていたカレンドの目が厳しくなった。

「それにしても、王都の物流の大半に関わっているとは……。そんなことにならぬための法ではないのか？」

一部の家に力が偏《かたよ》らないようにするための法があり、条例がある。

「勿論、その通りだ。金貸し業は厳密な審査を経て許可されるもので、そもそも爵位を持つ者は金貸し業をすることはできない、そう法に定められているにも関わらず、物流に関わる貴族に金を貸し、自分の支配下に置いている。表にブレヒストの名前こそ出てこないが、確実に各店の手綱《たづな》を握っているな」

ベルイドは真面目な顔でそう言ってから、にんまりと口の端を上げた。

「勿論、許可のない金貸しは違法だ。とはいえ、貸した金を棒引きにするのは遺恨《いこん》が残る。だから、元金のみの回収を認めることにするらしい」

午前中に宰相がベルイドの持つ資料と同じものを携《たずさ》えて、国王陛下と頭を突き合わせて決めてきた内容を二人に伝える。

「それはまた、温情が過ぎやしないか？」

宰相の決定だろうか？　生温《なまぬる》さを感じてカレンドが眉を寄せる。

「そうだな。だがそれはそれとして、その事業から出た収益は国に申告されていなかったし、違法な行為でもある。よって、未申告だった収益には通常の三倍の税を掛けることになった」

貴族への貸し付けなどかなりの額に違いなく、恐ろしい金額の追徴課税は免《まぬが》れないことがわかる。それこそ、大貴族の家を傾ける程のものになるだろう。

ベルイドの情報に、ビルクスは顛末《てんまつ》を補足する。

「私も今日聞いたばかりなのだが」

そう前置きして、二人に意味深長な視線を向ける。

「我が国の公爵家がひとつ減ることになりそうだよ。残念なことだけれどね、まぁ、よい機会だったかもしれない。最近は、色々と弛《たる》んでいたから、いい気付け薬になると、父は満足そうだ」

国王陛下直々《じきじき》の沙汰《さた》により、ブレヒスト家の爵位が下がることが確定した。

その判断には、バウディから得た極秘の情報や、友情に厚い王妃からの耳打ちが少なからず影響していたかもしれない。勿論、公私をわきまえた範囲内だが。

「では、アーリエラ嬢との婚約は？」

「それは、白紙に戻《もど》す。まだ内々に打診していた段階だったからね。大々的に公表する前でよかった、彼女にとっても大きな瑕疵《かし》にならずに済むしね」

穏やかに言うビルクスに二人の視線はそっと逸《そ》らされる。

本来内示の期間など二ヶ月ほどですぐに公的にお披露目するものを、学生であることを理由に長い期間そのままにしていたのは……。深く聞いてこない友人たちに思わず笑ってしまう。

これから、王国で幅を利《き》かせていた公爵家の転落劇がはじまるのだ。

歴史の大きな波乱の一幕となる今後を思い、ビルクスは友人たちと共に武者震いした。

第三章　再会

カレンド先輩の実家である辺境伯領は北の山脈を含んでいて、見応えのある急峻《きゅうしゅん》な崖《がけ》があったり、国で一番大きな湖があったりする。

冬は厳しく夏は平均して涼しい地域だから避暑によさそうなものだが、海を持つ南部には観光で勝てないのだと、以前カレンド先輩がこぼしていたのを思い出す。

「南部へ行く道は、平地が多いけど。北部への道は山道が多いから、馬車も歩くのもキツくなってしまうからねぇ。それに、山道を行くだけあって、魔獣も結構出るし」

同じ馬車に乗った、人のよさそうな行商のおじさんが説明してくれる。

私たちは、馬車を乗り継いで北の辺境伯領の領都を目指していた。

馬車はやはり幌《ほろ》が掛かっている四頭立てで、四人の護衛がついている。二人が馬車に乗り込み、あと二人は体格のいい馬に乗って前後についているのだ。

途中から護衛がつくようになったのは、どうやら魔獣対策らしい。

思いのほか足早で進む馬車に山間《やまあい》の道をガタゴト揺られていると、「魔獣が結構出る」という言葉通り、本当に出た。

「く、熊の魔獣だっ」

行商のおじさんが青い顔で身を縮める。

馬車の後方に現れた熊の魔獣は、こちらに向かってどんどん近づいてくる。

魔獣は通常の獣よりも黒くて体が大きく、なにより魔力の保有量が多くて魔法に対する耐性が高いのが特徴だ。要は黒くて大きくて強い。

騎乗した一人が魔獣に向かって馬を走らせ、その鼻先になにかを叩《たた》きつける。そうすると魔獣が鼻をかきむしり、一目散に逃げていった。

魔獣に向かって走る馬の勇敢さが素晴らしかった。人馬一体になって、襲い来る熊の魔獣の爪を躱《かわ》して撃退するなんて！　サラブレッドではなく道産子《どさんこ》のような、どっしりとした巨大な馬体にみなぎる覇気《はき》が最高だったわね。

「魔獣は鼻がイイから、キツい匂いが嫌いなんだ。だからああして、退けるんだ」

バウディが、教えてくれる。

「殺しちゃうのかと思ってたわ」

「どうしても避けられないときは、殺すこともあるが。そうでないときは、なるべく引かせるようにするんだ。殺したら、あとの始末が面倒だからな」

「へぇ、そうなのね」

死骸を路肩に置きっぱなしにしたら、そこに獣が集まって危ないのだと聞いて納得した。

「積極的に人間を襲うようなタチの悪いやつを見つけたら、冒険者ギルドに連絡をして、討伐してもらうこともあるんだよ」

行商のおじさんも、私たちの話を聞いていて教えてくれる。

「あんな魔獣を、どうやって仕留めるのかしら？　見てみたいわ」

ワクワクしながら言った私に、おじさんが渋《しぶ》い顔をする。

「こっちに住んでいても、なかなか討伐するところを見ることはないものだけどね。まぁ、あまり魔獣の噂《うわさ》はしないほうがいい。噂をすると出るのが魔獣ってもんだ」

おじさんの真剣な表情に気圧《けお》されて頷《うなず》いた。

「そうなのね。もう言うのはやめるわね」

口の前に指でバッテンを作ると、おじさんはウンウンと頷いた。

「なに、これから気をつけてくれたらいいさ」

おじさんは笑って許してくれたけれど、災難はその一時間後にやってきた。

「……言うと来るって本当ね」

呆然《ぼうぜん》と馬車の外を見ながら、隣で同じように呆然としているおじさんに声を掛けた。

「ああ、うん。随分、大物が来ちゃったね」

おじさんが呆《ほう》けたように言う通り、先程見た熊の魔獣より二回りは大きいのが、うしろから馬車を追いかけてくる。

熊って案外足が速いってのは知っているけれど、この熊の魔獣も速い。どんどん近づいてくるのが、なかなかの恐怖感だ。

護衛の人が先程も使った臭い袋を投擲《とうてき》するけれど、魔獣は器用にそれを手で払いのけて止まることなく走ってくる。

「ひえっ」

一緒に見ている行商のおじさんが身を竦《すく》めた。

「逃げるのは無理だな。馬車を止めろ！　ここで仕留める！」

護衛の隊長の言葉に御者が馬車を止めると、二人の護衛も馬車から飛び出して剣を抜き、弓を構える。

あの熊の魔獣、目測で五メートルくらいあるんだけど、勝ち目はあるのかな……。いや、あるのよね？　だって、そのための護衛なわけだし。

ドキドキしながら。魔獣と戦っている四人を見る。

あの熊の魔獣、体格に見合わず俊敏《しゅんびん》だわ。その上、魔力が漏《も》れ漏れだけど身体強化まで使ってるじゃない！

一人が魔獣に張り飛ばされ、木にぶつか――らずに、クルッと足で木を蹴《け》って、ぶつかる勢いを殺して着地し、また走って魔獣に向かっていく。

素晴らしい身体能力！　思わず拍手しそうになってしまった。

と、どこからか、パァンという破裂音が聞こえた。すると護衛の一人が空を見上げて、素早く腰のポーチから手筒《てづつ》を取り出して空に向けて紐《ひも》を引く。

先程聞こえたのと同じような破裂音と共に、赤い煙が空に向かって線を描いた。

「加勢が来るね。よかった」

行商のおじさんがホッとしたように言って、強張《こわば》っていた表情を少し緩《ゆる》めた。

＊・＊・＊・・＊・・＊

そしておじさんが言った通り、立派な馬にまたがり凛々《りり》しい揃《そろ》いの制服を身につけた十名の助《すけ》っ人《と》がやってきた。

……その中の一人に、とても見覚えがあるわね……。

小柄な女性が先頭を切ってごつい馬を走らせてくる。トレードマークの黒縁眼鏡がないだけで、随分雰囲気が変わるものなのねマーガレット様。

ポニーテールの髪をなびかせ馬を駆《か》る姿も、他の人とお揃いの制服もカッコイイ。

「ここで会ったが百年目ぇぇぇ！　今日こそ引導渡してくれるっ！」

彼女の怒声に呼応するように、熊の魔獣が吠《ほ》えた。

馬が魔獣に最接近したところで馬の背を蹴り魔獣へと飛びかかった彼女は、自身の腕の長さ程もある山刀を逆手に持ち、魔獣の首を獲《と》りにいく。

「皆さん、大丈夫ですかー」

のほほんとした声で、マーガレット様と一緒に来た人が安否を確認する。

目と鼻の先でおこなわれている熾烈《しれつ》な戦いとの差に、強張っていた体から力が抜けた。

他の人もそうだったようで、戦いが終わっていないにも関わらず、馬車の中には安堵《あんど》の空気が流れだす。

「あのお嬢さんは、あの熊の魔獣になにか因縁でもおありなんでしょうか？」

よくぞ聞いてくれました、行商のおじさん！　気になるわよね、あの第一声。

馬車の前で護衛をしてくれるらしい彼は、顔の前でパタパタと手を横に振った。

「あははは、あれは景気づけなだけで、因縁もなにもありませんよ。あれを言うと、気合いが入るとかなんとか言ってましたね」

「はぁ、なるほど」

おじさんが拍子抜けしたように肩を落として頷いていた。

「おっ、終わりそうだ」

戦いを見ていた彼がそう言った途端《とたん》、私は目をバウディの手に隠された。その直後に魔獣の断末魔が聞こえたことで、トドメが刺されたことを知る。

「あの体格で首を跳ね飛ばすとは、素晴らしい膂力《りょりょく》だ」

バウディが呟《つぶや》いた。

なるほど、グロ画像注意ということですか。私、結構そういうの大丈夫なのよね。

バウディの手を避《よ》けて外を見ると、絶命した熊の魔獣の周りで、制服姿の人たちが和気藹々《わきあいあい》としていた。

その輪の中で仲間の人たちと談笑していたマーガレット様がこっちを見て、私に気付くと目を丸くして跳ねるようにして駆けてきた。

「レイミ様！　奇遇ですね！　こんなところで会うなんて」

一緒にいた乗客たちが、何事かと私に注目する。

「お嬢さん、クロムエルのお嬢さんの知り合いかい!?　ということは、やっぱり、お嬢さんも貴族だよね？」

行商のおじさんが、恐る恐るといった風に聞いてくる。

「ええと、はい……」

まだ貴族籍があるから仕方なく認めると、彼はすっきりした顔になる。

「ああ、やっぱりそうだよね。ほら、その杖《つえ》だってとても立派だし、言葉遣いもそこはかとなく品があるしね！」

親指を立ててウィンクされてしまい、思わず肩の力が抜けた。

そうかこの杖は確かに立派だものね、それに……気をつけて喋《しゃべ》っていたつもりだけれど、まだ貴族っぽかったのかしら。

「まぁ、なにか理由があるんだろう？」

おじさんはそう言うと、ちらっと私のうしろにいるバウディを見てニッコリと笑った。どんな理由を想像したのかしら？　もしかして、駆け落ちとか？

「嬢ちゃんはいい子だし、嬢ちゃんが気にしないなら俺たちも気にしないよ」

「なになに？　よくわからないけれど、レイミ様は話のわかるいい人だから、大丈夫よ！」

マーガレット様が笑顔で親指を立てると、行商のおじさんだけでなく、他の乗客も笑顔になった。マーガレット様、もしかして、行商のおじさんと知り合いなのかしら？

「それじゃ、ちょっとレイミ様、借りるわね」

乗客の輪から私とバウディを連れ出したマーガレット様は、私の両手を握って嬉《うれ》しそうに上下に振った。

「お久し振りです！　まさか夏期休暇中に、会えるとは思いませんでした。嬉しいです！」

とても生き生きしているわね、学校でやっていた魔法の実技の授業よりも生き生きしているわ。因《ちな》みに、実技以外の座学では、いつも睡眠欲と戦っているのを知っている。教卓の真ん前の席なのにあまりにも船を漕《こ》ぐから、いつもうしろからヒヤヒヤ見守っていたわよ。

「レイミ様は、ご婚約者様とご旅行ですか？」

「お初にお目にかかります。わけあって家名は伏せさせていただきますが、バウディと申します」

私が否定する前に、バウディが自己紹介してしまった。い、今更《いまさら》否定するのもアレよね？

「バウディにも話したことがあったわよね？　こちらは、同級生のマーガレット様よ」

学校の帰り道にその日あったことを伝えていたので、マーガレット様の話題もちょくちょく出ていたのだ。主に、魔法の実技の授業絡《がら》みだったけれど。

「レイミ様の同級生で友人の、マーガレット・クロムエルです」

生き生きと力強い笑顔のマーガレット様が、バウディと挨拶《あいさつ》を交わした。

友人認定してくれているのは嬉しいけれど、前期の最終日に起きたこと、もしかしてマーガレット様は知らないのかしら？

　そういえば、あの日、あそこにはいなかったわね。その前の授業では見かけたけれど、以降は覚えていないわ。

「マーガレット様、ところで前期の最終日は授業のあと見かけませんでしたが……」

　私が尋《たず》ねると、彼女はしまったという顔をしてから、気を取り直したようにひとつ咳払《せきばら》いして説明してくれる。

「だって講堂でやるのは、夏期休暇の注意事項の伝達くらいでしょう？　あの日は授業が終わって早々に、実家に向けて馬を走らせておりましたわ」

　開き直ったいい笑顔で、講堂の集会をサボったことを明かした。

　私も結局は彼女と同じく集会に出ていないので、注意することはできないし、するつもりもない。

「そうだったのですね。マーガレット様がとてもお元気そうで安心しました。今日は魔獣狩りですか？」

「ええ、体を動かすのが好きなので。趣味と実益を兼ねて、害獣駆除の手伝いをしているんです」

　体を動かすのが好きで趣味が害獣駆除という言葉に納得する、すっごい手慣れていたものね。

　本当に容姿と行動が合わない人だ、魔法学校にいるときから薄々と気付いていたけれど、思った以上に拳《こぶし》で会話する人みたい。シンパシーを感じたのは、だからかしら？

「レイミ様は、もしかして、バウディ様とこれから辺境伯領へ？」

笑顔で私とバウディを見比べた彼女に頷く。

「ええ、アルデハン湖を見てみたくて」

そういえば彼女の実家はカレンド先輩の領地に接していると、以前聞いた気がする。

「それはいいですね。湖畔は涼しいですし、浅瀬でしたらボートで水遊びもできますよ。あまり奥へ行くと、パクッと巨大魚が飛び出してくるので気をつけてくださいね」

朗《ほが》らかにそう教えてくれたけれど、パクッとどうなっちゃうのかしら？　水中から出てきた魚の魔獣に、パクッと食べられてしまうのかしら？

「奥へは行かないようにするわね。あら、呼ばれているわよ？」

マーガレット様と一緒に来ていたうちの一人が彼女を呼んでいることを伝えると、彼女は気まずそうにそっと斜め下に視線を落とした。

「いえ、あの、ほら、折角《せっかく》久し振りにお会いしたのですし、積もる話も――」

「マーガレットォ？　いつも言ってるよな？　価値の下がるような狩り方はするなと！」

往生際も悪く私の前から動かなかった彼女のうしろに、大きな影がさしかかる。

「あ、あの、そうだ！　レイミ様、こちらが私の二番目の兄になります！」

突然の紹介に、私と大きな人がお互いに顔を見合わせる。

思いっきり話を逸《そ》らしたわね。

「レイミ・コングレードと申します、マーガレット様とは魔法学校の同じクラスで親しくさせていただいておりました」

「これはご丁寧《ていねい》に、マーガレットの兄のディーチャ・クロムエルです」

はい、ご挨拶は終わったわね。私とディーチャ氏の視線がマーガレット様に向かう。

引き攣《つ》った顔の彼女に、ディーチャ氏が腕組みをして向き合う。

「マーガレット、お前の雑な狩り方は、この夏で徹底的に矯正《きょうせい》する。レイミ嬢、どうぞ楽しいご旅行を！　もしお時間がありましたら、我が家にもお越し――」

「ディーチャ兄様っ！　この先は最近魔獣がよく出ておりますし、我々で護衛するのはいかがでしょうかっ！」

兄の言葉を遮《さえぎ》ってマーガレット様が提案すると、彼は少し考えてからそれを了承した。

それから、一緒に来ていた隊を二つに分け、そのひとつに討伐した魔獣を持ち帰ることを命じ、マーガレット様やディーチャ氏たちが馬車の護衛についてくれることになった。馬車の護衛が強化され、安心してアルデハン湖のある領都に向けて再出発した。

マーガレット様たちは、騎乗して馬車の前後を守ってくれている。

「クロムエル様がついてくださるなら、安心ですね」

「クロムエル様が来てくれると、安心なんですか？」

行商のおじさんがほくほくした顔でそう言うので水を向けると、するするとクロムエル家の事情を教えてくれる。

とにかく武に秀《ひい》でた家らしく、両親もさることながら五人の兄妹も逞《たくま》しい。クロムエル領で鍛えられた兵士はどこにいっても通用するということで、さながら傭兵《ようへい》育成場だなと思ったら、実際に他の領から兵士を預かり鍛えて返すということもしているらしい。

「領地がほぼ山間地だし、街道も領の端を通るくらいでね。ようは主要産業がないんだよ。そのくせ、魔獣が多いから防衛をおろそかにはできないし」

なるほど、それなら武力を伸ばすわね。

馬車の後方を馬でついてくるマーガレット様と目が合ったので軽く手を振ると、彼女も笑顔で手を振り返してくれた。

心強い護衛を引き連れて、馬車は一路辺境伯領にあるアルデハン湖へと向かっていたが、途中からパラパラと雨が降り出し、あっという間に大雨になった。

馬車に掛かった幌の前後を下ろし、乗客全員で帆布《はんぷ》の端をしっかりと握って雨が入らないように押さえつけている。隙間から雨が入ってくるわ、暑さと湿度で息苦しいわでなかなかの状況だ。

「この先に村がある、そこまで頑張るぞ！」

雨音に負けないディーチャ氏の檄《げき》が飛び、街道を外れた道に入る。

「レイ、大丈夫か？」

隣で、私を抱えるように押さえてくれているバウディに、頷いてみせる。

「全然平気よ」

雨の中、ぬかるむ道で馬を走らせる彼らを思えば、私が弱音を吐くことはできない。

そして、雨がいよいよバケツをひっくり返したような状態になった頃、なんとか小さな村にたどり着くことができた。

村にひとつだけある馬小屋に避難させてもらい、元から一緒だった護衛の人たちが、魔法の杖を振って全員の濡《ぬ》れた体を乾かしてくれる。

「はぁー、山の天気は変わりやすいけど、全然雨の降る気配なんてなかったのになぁ」

行商のおじさんがくたびれたように、干し草に腰を下ろす。

私は小屋の入り口付近に立つマーガレット様の隣に並び、一緒に空を見上げた。

「最近はずっと天気がよかったのよ。こんなに一気に降ったら、土砂崩れが起きそうだわ」

彼女はチラリと私を見てから、心配そうに空を睨《にら》む。

「この先の街道に、ヤバいところが何カ所かあるからなぁ」

クロムエルの兵士が彼女に同調する。

「レイミ様！　もし、土砂崩れが起きたら、友達のよしみで復旧を手伝ってね」

彼女に両手を取られ、真剣な目で請《こ》われたけれど、私にできることなんてあるのかしら。

「私にできることなら、いくらでも手伝うけど。……もしかして、魔法を使ってもいいのかしら？」

「非常事態だから、勿論《もちろん》大丈夫よ！」

バウディからは、非常事態でも使えないって聞いているんだけれど。

側《そば》に立つバウディを見上げると、彼はしれっとした顔で答えてくれた。

「災害時の救護活動、復旧活動は貴族の務めですから」

「そういうことなら、いくらでも――」

そのとき、ばりばりばりという轟音《ごうおん》が村に響き、地面が大きく揺れた。

咄嗟《とっさ》にバウディがしっかりと私を抱きしめて守ってくれ、轟音と揺れは暫《しばら》くしてやんだ。

この世界に来てはじめての大きな揺れだったけれど、バウディの腕の中で不安はなかった。

「大丈夫か？」

「ディが守ってくれたから、平気」

ホッと安堵して、彼に笑顔を向ける。

「こりゃぁ……間違いなく、山のどっかが崩れたな」

誰かの固い声に、いまの音と揺れが土砂崩れだったのだと知る。

ほどなくして雨が小降りになり、晴れ間が見えてきた。雨宿りしていた小屋から出ると、村中に水たまりができ、畑の野菜が水に浸《つ》かっていた。

村の人たちも家々から出て、畑の惨状《さんじょう》に険しい表情をしている。

そして、雨が弱まっていち早く動きだし、馬で道を見にいっていたクロムエルの人たちが、戻《もど》ってきた。

「街道に繋《つな》がる道で、大規模な土砂崩れが起きていたぞ！」

ディーチャ氏の声に、村の人たちは納得したような顔をしている。

「あそこはすぐに崩れるからなぁ」

「誰も巻き込まれんで、よかったわ」

村のおじいさんがのほほんと言っている。

確かにそうだけど、村から街道に繋がる道ってあれ一本なのよね？　あまり危機感がないけど、実質この村はいま孤立無援なのよね？

「丁度《ちょうど》、クロムエルの方たちもおるし。いつぞやみたいに、ひと月以上忘れられるっちゅうこともなかろうしな」

そう言っておじいさんが笑う。

「その節は、申し訳ありませんでした」

気まずそうな顔をしたディーチャ氏が、おじいさんに肩を竦めて頭を下げている。

なるほど、今回はクロムエルの人も巻き込まれたお陰で、対処が早くなるのは間違いないものね。おじいさんがのほほんとしているのも、理解できるわ。

「ということは、私も魔法を使っていいってことね」

「そうね！　バリバリ働いてもらうわよ！」

思わずガッツポーズした私の手を、マーガレット様が掴《つか》む。

マーガレット様はいい笑顔で私の手を引いて、クロムエルの人たちが集まっているところへ歩いていく。バウディもちゃんとついてきてくれた。

そこで土砂崩れの規模と、復旧の方法を確認する。

「マーガレットとレイミ嬢は、土砂崩れではなく、村の手伝いを頼む」

「えーっ！」

ディーチャ氏の言葉に、私もマーガレット様と同じ不満の声を上げそうになってしまった。

「土砂崩れの現場は安全とはいえないから、君たちを行かせるわけにはいかないんだよ」

マーガレット様が膨《ふく》らませた頬を、ディーチャ氏は指で押して空気を抜く。

彼の言うことは納得できるが、がっかりもした。バウディは、ディーチャ氏の判断に頷いているので同意なんだろう。

「レイ、預かっていた杖を使ってもいいか？」

彼が取り出したのは、入学式の日にアーリエラ様からいただいた、あの一桁《ひとけた》お高い魔法の杖だった。どうせ使うことがないからと、彼に預けたままだったけれど、彼は律儀《りちぎ》に持ち歩いていたのね。

「勿論いいわよ、私にはボンドが作ってくれたこの杖があるから。気をつけて行ってきてね」

「ああ、ありがとう」

別れ際にハグをして頬にキスをしていったので、にまにましているマーガレット様の視線が刺さって痛いわ。

バウディや馬車に乗り合わせていた人の一部も、復旧要員として村の若い男の人たちと一緒に街道へと向かい、体力のない組は村に残されて村内の復旧をすることになった。

「じゃぁ、私たちはなにをしたらいいか、村の人に聞いて動きましょう」

「そうね。村のほうをさっさと終わらせて、街道を見にいきましょう」

マーガレット様が、小声で言ってウィンクしてくる。なんだかやる気が湧《わ》いてきたわ。

そして頼まれたのは、畑の水抜きだ。このまま水浸《みずびた》しだと、折角育った作物が腐ってしまう。

「ということは、水抜き用に溝を掘ればいいわけね」

担当する畑を見て思案する。粘土質の土地だから、なかなか水が抜けないのね。

使うのは、風の魔法で切削《せっさく》かしら？　それとも土の魔法で溝を作る？　両方やってみればいいのかもね。

「『風の刃《やいば》よ、飛べ』」

列になって生えている作物に当たらぬよう十分に気をつけて、杖を振って風の魔法で地面に切れ目を入れる。深く入った切れ目に水が吸い込まれていき、目論見《もくろみ》通りに水たまりがなくなった。

「さすがレイミ様！　普通あんな風に、真《ま》っ直《す》ぐ飛ばないわよ」

鍬《くわ》を持ったマーガレット様が感心してくれる。

マーガレット様は魔法を使わずに、身体強化をして鍬でサクサクと溝を掘っている。確かに彼女の魔法は、威力は十分だけど精度が心配なので手で掘るのが一番被害が出ないわね。

他の人たちも、鍬で溝を掘っている。

作物のあいだに隙間がある場所は風の魔法で対処できたけれど、葉物野菜で隙間が見えない場所が困る。

風の魔法を使ったら、間違いなく野菜も切ることになってしまう。とすると、ここは土魔法がいいのかしら？　あ、もうひとつ使えそうなのがあるわね。

「『水よ、蒸は――』っと、これはまずいか」

水たまりに杖の先をつけて、水を蒸発させる魔法を発動しかけて慌《あわ》てて止める。蒸発するには熱が必要で、野菜が煮えてしまう可能性がある。

ううむ……たかが水たまりの水をなくすだけなのにアプローチはたくさんあるし、他に被害が出ないように考えなきゃいけないのね。

「『土よ、分かれよ』」

地面に杖の先をつけて詠唱《えいしょう》し、土の成形魔法を使って土を左右に割ると、目に見えて水が抜けてゆく。隙間はほんの数センチだけど、地中は深く割ったので、水が抜けたところで土を元に戻しておく。

コツが掴めたら早い。

野菜に邪魔されない場所は風魔法で、野菜で隙間が見えないところは慎重に土魔法を使っていく。

作物のないあぜ道や村道の水たまりは蒸発の魔法で乾かす。

村道があまりにガタガタの凸凹《でこぼこ》だったので、魔法で一度深めに表面を削ってから、もう一度土を戻して平らに均《なら》しておいた。

「あらー、立派な道路になりましたね」

マーガレット様が鍬を片手に私の横に立ち、呆《あき》れた顔で整えたばかりの道路を見た。

「折角だから、綺麗《きれい》にしたほうがいいと思ったのよ。土砂崩れの復旧に参加できないから、これくらいやってもいいじゃない？　水はけを考えて中央から左右に向けて高低差をつけて、雨水は路肩に流れるようにしたし、路面も多少の雨ではえぐれないようにしっかり圧を掛けておいたわ。でもそうなると、雨が降ると滑りやすくなるかもしれないから、わずかに横溝を入れて滑らないように配慮もしてあるのよ」

いい仕事をしたわ！

清々《すがすが》しい気分の私に、彼女は呆れたように首を横に振った。

「レイミ様は凝《こ》り性なのね。普通は真っ平らに均して終わりよ」

「だって、折角だから、使い勝手のいいようにしたいじゃない？」

マーガレット様は苦笑して肩を竦めると、近づいてきたおじいさんに笑顔を向けた。

「村長さん、お疲れ様です」

村長さんだったのね、だからディーチャ氏が謝罪していたのかな。

「いやぁ二人のお陰で、こんなに早く水を抜くことができてよかったよぉ。道もこんなに立派になって、ありがとうなぁ」

「どういたしまして。他にやることはありませんか？」

マーガレット様の言葉に、村長さんが村のほうはもう大丈夫だと言ってくれたので、それならばと、マーガレット様と視線を交わして頷く。

「マーガレット様、土砂崩れのほうを見にいきませんか？」

「見るくらいなら、怒られないわよね」

彼女と一緒に、街道に続く道へと進む。

「ねぇ、ここも凸凹だし、直してもいいかしら？」

不整備の道路を見つけて嬉々《きき》として魔法を使おうとする私に、彼女は笑顔で親指を立てた。

「いいと思うわ、大事な災害復旧だし」

「そうよね、災害復旧よね」

彼女と頷き合って、先程村の中の道を整備したのと同じように、地面に杖を突きながら道を作っていく。

一気に全部とはいかないので、数メートルずつ舗装《ほそう》していく感じだ。

「楽しいわね！」

道路がどんどん綺麗になって、できたての道を歩く楽しさったらないわね！

「レイミ様が楽しいなら、それでいいけれど」

苦笑しながらも、付き合ってゆっくり歩いてくれている彼女は優しい。

「土砂崩れがあったのは、この曲がり角の向こうかしらね？」

大きく左に曲がる向こうから人の声が聞こえるから、きっとそこが現場なのだろう。

道路を整えるのもそこそこにカーブに入ると、山側の土砂が崩れていて道があったのなんてわからない程になっていた。

魔法が使える人たちが杖を振って崩れた土砂を山に戻し、倒木は他の人たちが運び出して一カ所にまとめている。それにしても魔法って本当に便利ね、この様子だとあと数時間で復旧完了かしら？

あっ！　バウディが魔法を使ってる！

土を山に戻していく人たちの最後尾にいる彼は、手にした短い杖を流れるような動作で小さく動かす。そうすると杖の動きに合わせてズザザッと土が山に戻っていく。

彼は向こうを向いているのでどんな詠唱をしているのか聞き取れないのが残念だけど、これぞ魔法というその動きに見惚《みと》れてしまう。

他の人は一塊《ひとかたまり》ずつの土をゴソッと浮かせて山に戻すという流れなのに対して、彼はみんなの取り残した土をさらえて、流れるように山に戻しているんだもの。

どっちの魔法のほうが難しいかは、一目瞭然《いちもくりょうぜん》だわ。

いままで彼が本格的に魔法を使っているところを見る機会がなかったけれど、あれだけ身体強化ができるんだもの、うまくて当然よね。

スマートな彼の魔法に、惚《ほ》れ惚《ぼ》れしてしまう。

「マーガレット様、きちまったんですかい」

近くに立っていた村の人が声を掛けてくる。

「村のほうは、レイミ様の活躍もあって、もう全部終わったわよ。それにしても酷《ひど》いわね」

彼女につられて山の上のほうに視線をやれば、さほど高くはない山肌の半分程が崩れ落ちていた。

「一応通れるようにはするみたいですが、あとで専門家を呼んで、対策を講じるそうですよ」

「対策って？」

首を傾《かし》げた彼女に村の人もよくわかっていないようだったので、私が補足をする。

「山の斜面を固めるとか、道の横に擁壁《ようへき》……ええと、頑丈な分厚い壁を作っておくとかかしらね？　強度の計算なども必要なのでしょうし、専門の人がいるのね」

元の世界での、対処法を思い出して伝えると、彼女は感心したように頷く。

「へー！　どうせ斜面を固めるのなら、固めながら、土砂の撤去をすればいいのにね」

「そうですね。そのほうが安全に作業できそうですね」

私の言葉に、彼女が考えるように腕を組んだ。

「でも、木が生えてると、根っこが土を押さえてくれるっていわれているわよ？　固めてしまったら、木が生えなくてマズイんじゃない？」

「木が生えていても崩れたのですから、土を固めておいたほうが安全なんじゃないかしら？」

作業を見ながら二人で勝手なことを言い合う。

「安全を優先するなら、擁壁も立ててしまって、道の下側も崩落しないように、固めておくほうがいいんじゃないかしら？」

「それにしても、ここも足場が悪いですね」

「雨が降って泥だらけですものね。ちょっと、整地しておきましょうか」

カーブの手前まで道路を作ってあったので、少し戻って続きをやっていく。

「お嬢さん、それは土の魔法なんですか？」

興味津々《しんしん》に聞いてきた村の人の質問に頷く。

「ええ、地面の下のほうは粗《あら》い石で、上のほうは細かい土にして、水が溜《た》まらないようにほんの少し左右に傾斜をつけて圧を掛けていくんです。そのときに細かい溝を入れて滑り防止に――」

「へぇ、素晴らしいな。ところでさっき言っていた、ヨーヘキだっけ？　詳《くわ》しく教えてもらえるかな？」

うしろから声が掛かり、驚いて飛び上がりそうになってしまった。

「ディーチャ兄さん、ビックリするから、急に声を掛けないでよっ」

彼はマーガレット様の文句は聞かずに、ニコニコと私に擁壁の説明を促《うなが》す。

わかりやすく説明すべく、路肩に寄せてあった土の小さな山に、私のイメージする擁壁を魔法で作る。

土の山に杖を向けると、斜面を支えるようにして、道路にしたよりも圧縮した土で分厚い壁を作り、その山を半分に割って断面を見せる。

「下のほうを厚くし、且《か》つ斜面にもたれるようにすることで、土を押さえることができるはずです。強度の計算などはわからないので、ちゃんとしたのは専門家が来てからで、あくまで応急処置としての提案ですが」

「ふーむ、なるほど」

杖の先で指しながらの説明を聞いて、しゃがみ込んでミニチュアを眺め回していたディーチャ氏が顔を上げた。

「この方法は面白いね。おーい！　魔法を使える奴は集合ー！」

彼の呼びかけに、作業していた人たちがなんだなんだと集まってくる。

その中にはバウディもいて、私を見つけると小さく笑いかけてくれた。ちょっと土で汚れているのもワイルドさが増してかっこいいわね。

マーガレット様と一緒に少し離れて、打ち合わせをしている様子を見守る。

「それにしても、レイミ様。道の整備もそうですけれど、あんなに精密な土の魔法、まだ習っていないのに、どうしてご存じなの？」

彼女の質問に、こっそりネタバレする。

「実は、カレンド先輩のご厚意で、過去の諸先輩方のノートを拝見する機会をいただいたの。その中に、土木に精通した分野のものがあったんですよ」

そしてそれに＋α《プラスアルファ》で向こうの世界の知識を合わせてみたんだけど、会社員時代の知識が役に立つなんて思わなかったわ。

「そんなの、よく覚えていますね。私なんか、試験が終わったら、授業の内容なんかすぐに忘れてしまいますよ」

潔《いさぎよ》く言う彼女に、生温かい笑みを送っておいた。理解はできる、私も学生時代はそうだったもの。

「私は実動部隊でいいのです。頭を使うことは、他の人たちがやってくれますから」

とてもいい笑顔の彼女の成績は、そういえば一年E組でも下のほうだったなと思い出す。

打ち合わせが終わった人たちが、現場に戻っていく。

そして、それぞれ杖を振り上げ魔法を詠唱している。さっきまでは、土を山に戻すだけだったが、今度は傾斜をつけて土を厚めに盛り、それを別の人が圧縮して擁壁にするのだ。

「凄《すご》い！」

マーガレット様が素直に感動している。

「本当に凄いですね」

私も感動する。本来、ああして複数人で分担して作業をするものなのね。そして擁壁の表面の形状も真っ平らではなく、凹凸《おうとつ》をつけているのが素晴らしいし、排水についてもちゃんと考えられている。

私の提案を改良してくれていて、なんだかホッとした。

「私もなにか手伝わなきゃ！」

そう言ってマーガレット様が腕まくりをして、素手で倒木を片付けに行く。

とすると、私はこの見事に崩れた道路の復旧でいいかしら。

土砂に流されて無残なことになっている道路は、二十メートルくらい。

山に土砂を戻す作業をしながら、ざっくりと道を作ってくれてあるから、あとはそれをしっかりとした道路にすればいいだけだ。

しっかり地面を締め固めてから路面を作っていくので、時間は掛かってしまう。

「でも、手を抜いてあとで不具合が起きたら、寝覚めが悪いものね」

三分の一くらい進んだところで、なんだか重くなってきた体に気付いて、手を止めて休憩《きゅうけい》がてら体を伸ばすと、立ちくらみのようにフラッと体が傾《かし》いだ。

「あれ……？」

うまく強化魔法が使えていない？　力が入らない体に戸惑う。

「魔力の使いすぎだ」

力強い腕に、すくい上げるように抱き上げられた。

顔を上げれば、バウディが心配そうに私を見下ろしている。

「ディ？　これが、魔力切れ？」

「そういえば、レイは魔力切れをしたことがなかったな。魔力の循環をしたら、いつもと違うのがわかるぞ」

そう言われて、彼に抱き上げられたまま魔力を循環させてみる。

「本当だわ。なんだか、スカスカしてる」

「今度から、こまめに確認するようにな」

「はーい。あ、道路の続き――」

まだ全然できていないのにと慌てたら、ディーチャ氏が近づいてきた。

「それは、こちらでやっておくから心配ない。レイミ嬢は一度村に戻り、休まなきゃ駄目だ」

かなり真剣な顔で言われたので、頷かざるを得なかった。というか、問答無用でバウディに運ばれた。

村に戻って、馬車の荷台で休ませてもらう。

「魔力ってどのくらいで回復するの？」

「ひと眠りすれば、大体戻るはずだ。大事なのは、体力を他に使わずじっとしていることだ。じっとしていれば回復が早くなる」

体の活動を休止して、魔力の回復に充《あ》てるってことなのかしら。

「わかったわ、寝ればいいのね」

「ああ、得意だろ？」

彼の揶揄《からか》うような言葉に、笑って頷く。

「得意だわ。お休みなさい」

「ああ、お休み」

彼の手が頭を撫《な》でるのを感じながら、静かに意識を手放した。

次に目を開けたときは、ベッドの上だった。

「おはよう。レイミ様」

夕焼け窓の外を見ていたマーガレット様が、こちらに気付いて笑顔になる。

バウディがいないことに少しがっかりしたけれど、表情に出さないようにして起き上がる。

「おはようございます。あの、ここは？」

馬車で休んでいたはずなのに、どうしてベッドに寝ているのかしら。

「ここは村長さんの家だから、安心して」

そういえば、魔力切れはどうなったのかしら。

魔力の循環をすれば、いつもと変わらない手応えで体内の魔力を感じた。身体強化も問題なくできたし、起き上がっても立ちくらみのような症状はなくて、完全復活だわ。

「レイミ様、すっかり回復したみたいね」

「ええ、魔力が戻ったわ。魔力切れってはじめて経験したけれど、立ちくらみしたみたいにふらふらしてしまうのね」

「そうね、空腹で倒れそうな感じとも似ているわね」

空腹で……って、確かにそんな感じだったけれど、それを知っているということは、マーガレット様も魔力切れの経験者ってことね。

「でも、何度も繰り返せば、段々慣れるし、魔力の量も増えるわよ」

経験者っていうか、何度もやっているのね。

「そうなの？　でも、学校以外で魔法を使う機会なんてないですし。魔力切れになることができないなら、魔力を増やすのは難しそうだわ」

私の言葉に、彼女は思案するように目を伏せ腕組みをして室内をうろうろと歩く。

「魔力を、増やす……」

その時、部屋のドアがノックされたのでドアを開けると、ディーチャ氏が立っていた。

「そうだわ！　レイミ様、何日か我が家に泊まりましょう！　それで、魔獣狩りで魔力を消費して、魔力量を増や――あいたっ！」

彼女の暴走は、ディーチャ氏の一撃で止められた。

「馬鹿妹！　レイミ嬢のようなお嬢様を、狩りに誘うな！」

「どうしてよ？　私よりも攻撃魔法がうまくて、命中率も高いのよ？　勧誘するに決まってるでしょ」

胸を張るマーガレット様に、もう一度ディーチャ氏の拳骨《げんこつ》が落ちた。

悶絶《もんぜつ》する妹を置いて、私のほうを向いた彼は、人好きのする笑顔になる。

「レイミ嬢、調子はどうかな？　魔力切れがはじめてなら、驚いただろ」

「ぐっすり寝て、もうすっかり元に戻りました」

安心させるように笑顔で伝えると、彼はよかったと頷く。

「そういえば、道路の復旧はどうなりました？」

「そちらはつつがなく終わったので、明日にはここを発《た》って、領都へ向かえますよ」

「領都はここから半日くらいなの。大きな湖もあって、浅瀬でボート遊びもできるって言ったでしょ？　兄が領主様と話し合いをしているあいだ暇《ひま》だから、一日くらい一緒に遊びませんか？　勿論、婚約者のバウディ様も一緒に。私も、婚約者を引っ張ってまいりますから」

マーガレット様も貴族の令嬢だけあって、既《すで》に婚約者が決まっているのね。

ニコニコと言う彼女に、ディーチャ氏も勧めてくれる。

「レイミ嬢たちさえよければ、遊んでやってくれませんか？　こいつを手綱《たづな》なしで置いておくと、ろくなことにならないので……。ああ、大丈夫です、手綱はこいつの婚約者が握ってくれるので、一緒に遊んでいただければ」

ということで、二人の強い勧めで領都でのダブルデートが決定した。

有意義なバカンスになりそうで楽しみだわ。

＊・＊・＊・・＊・・＊

翌朝、村の人たちに見送られて、私たちは出発した。

クロムエルの人たちという護衛が追加されて、道中出会った魔獣も三匹だけ。それも追い払われてすぐに森に消えていったので危なげなく馬車は進む。

やがて緩やかな下り坂になると、巨大すぎて対岸の見えない湖が眼前に現れ、思わず息をのんだ。

大きさもそうだけれど、透明度の高い湖は青く輝き、水面がキラキラと陽光を反射していてとても美しい。

「あれが、アルデハン湖ですよ。やぁ今年も美しいなぁ」

行商のおじさんが、感慨深げに目を細めている。

ああ、本当に幻想的でキレ……沖合をいま、巨大な魚が跳ねていたわね。この距離で魚体がわかるって、サイズ感がおかしいわよね。

「魚型の魔獣か、随分大きいな」

バウディが唸《うな》るように言った声に、思わず頷いてしまう。

「そりゃぁこれだけ広い湖ですからね、大きくもなりますよ」

行商のおじさんの話では、魚型の魔獣というのは住んでいる場所の広さでその大きさが変わるのだという。

「だから、海に生息する魚型の魔獣はもっと、もっと大きいんですよ。私も一度しか見たことがありませんけどね、あれは凄かったなぁ、客船と同じ大きさで併走するイカ型の魔獣。死を覚悟しましたが、イカ型の魔獣は案外臆病《おくびょう》なやつで、すぐに海に沈んでいきましたよ」

山のほうが魔獣との遭遇率が高いが、海の魔獣はその大きさもあって、滅多に遭遇しない代わりに遭《あ》ったら死を覚悟しなきゃならないのだとか。

遭ったら死、というのはなかなかにヘビーだけれど、海の上じゃ逃げる場所がないものね。

「陸路も海路も、一長一短がありますからねぇ。さて、町まではもう少しありますから、ちょっと休ませてもらいますね」

そう言うと、おじさんは抱えた荷物に頭を乗せてこてんと眠った。

「レイも休めるときに休んだほうがいい、もたれて目を瞑《つむ》っておけ。寝なくても、体が休まるから」

バウディの手に頭を引き寄せられ、その言葉に甘えて目を閉じる。

昨日はたくさん寝たので眠気はなかった。だけど馬車の揺れと安心感、そして彼の肩の温《ぬく》もりが心地よい。

あまりの心地よさにうつらうつらしてしまったのだろう、夢を……夢らしきものを見た。

あちらの世界の景色だったけれど、懐《なつ》かしさを覚えなかったことにざわりと胸が騒ぐ。

そして──気付いてしまった。

私は、私は……私の名は……？　私の名を、思い出せないことに。

「イ……レイ。レイ」

私を呼ぶ声に目を開けると、心配そうなバウディの顔があった。

彼の手に頬を撫でられる。

「悲しい夢でも見たのか？」

頬の濡れた感覚に、自分が泣いていたのを知る。

私の頬を拭《ぬぐ》う彼の手を掴み、彼の深緑の目を見つめると少し落ち着いた。

「バウディ……ディ、ねぇ──」

私の名前を覚えてる？　私の名前を教えてくれる？

その言葉をすんでのところで飲み込んだ。

きっと彼は私の名を覚えている。だけど、どうしても……聞けなかった。

「──手を握ってもいい？」

心細さに耐えられずそう願うと、彼は無言で手を取りしっかりと握りしめてくれた。大きな手に安心をもらい、彼の肩に頭を預けて静かに目を閉じた。

＊・＊・＊・・＊・・＊

到着した領都では、カレンド先輩が馬車の停留所で待っていた。

「バウディ様、レイミ嬢、お久し振りです。クロムエルの皆様も、道中ご苦労様でした」

バウディを先に呼んだということは、彼もアーリエラ様の薄いノートを読んで、バウディが隣国の王位継承権を持っていることを知ったってことかしらね。

そして、クロムエルの人たちを労《ねぎら》ったということは、道中になにがあったかを既にご存じなのかも。先触れがあったのかしら？

「お疲れのところ申し訳ないが、領主館《わがや》へご招待しても、かまわないでしょうか。クロムエルの皆様も一緒に」

ビルクス殿下がここへ私たちを促したのは、カレンド先輩を頼ることを前提としているのは薄々わかっていたので驚かないわよ。

そして、クロムエルの人たちもカレンド先輩の誘いに疑問も挟まず一緒に移動することになったけれど、こちらはどうも主従関係があるからっぽいわね。

マーガレット様たちクロムエルご一行はみんな騎乗しているので、私とバウディだけカレンド先輩の馬車に乗せてもらう。

「アフェル殿下、この度《たび》は我が領へお越しいただき――」

馬車が動きだしてから律儀に挨拶をはじめたカレンド先輩を、バウディが止めた。

「私は継承権を放棄しております。どうかバウディとお呼びください」

「しかし……いえ、承知いたしました。では改めまして、バウディ様、レイミ嬢、ようこそロークス領へ」

「こちらこそ、ご迷惑をおかけします」

粛々《しゅくしゅく》と挨拶を交わす二人に、空気になる私。

「もうすぐつきますので、到着しましたら、少々お二人のお時間をいただけますか」

私もということは、きっとアーリエラ様と隣国の使者のことね。

私たちはカレンド先輩に了承を返した。


彼の言葉通りに、それほど掛からずに郊外の小山に立つ堅牢《けんろう》で巨大な屋敷にたどり着いた。

先に到着して馬を預けていたマーガレット様たちクロムエルの皆さんと合流する。兵士の皆さんは別棟に案内されるらしくそこで別れ、マーガレット様とお兄さんのディーチャ氏が私たちと一緒に要塞《ようさい》のような邸内を歩いた。

質実剛健という感じでレンガ……違うわね切り出した石を組んで作ってある壁に、窓にも分厚い木の鎧戸《よろいど》がついていていて守りは完璧という感じだわ。

屋敷は小山の上にあるだけあってとても見晴らしがよく、一番高いところにある物見台からはここに繋がるすべての街道を一望できて、監視の人間が常駐してすべての街道を見張っているということだ。

「いまは平和だから、魔獣に襲われてる人がいないか見てるほうが多いんだけどね。ここらの人なら必ず狼煙《のろし》を持って山に入るから、なにかあったらすぐ駆けつけられるのよ」

詳しく教えてくれるのはマーガレット様で、幼い頃からこの屋敷にちょくちょく遊びにきていて、勝手知ったる他人の家なのだと笑う。

「小さな頃から家で嫌なことがあると、すぐに家出してここに逃げ込む。領主様ご夫妻に気に入られているといっても、程があるからな」

一緒に歩くディーチャ氏が釘《くぎ》を刺していたが、マーガレット様はけろっとしている。

「遠からず、こちらに嫁《とつ》いでくるのですから、いいではありませんか」

おっと、爆弾発言！

なんとマーガレット様は魔法学校を卒業したらすぐにカレンド先輩と結婚して、こちらで暮らすということだった。

「本来なら次男であるローディがこっちに戻って長兄《ちょうけい》の補佐につくのが妥当《だとう》ですが。次兄はあの通り魔法学校に根を生やしてしまったので、私が長兄の補佐をする予定なんです」

カレンド先輩がそう補足してくれる。

ローディ・ロークス先生は私が在席していた一年Ｅ組の担任で、魔法の実技の教師だ。わりと熱血で、確かに教職を生き甲斐《がい》としている節がある。

「それにしてもマーガレット様のご婚約者様って、カレンド先輩だったのね」

「ふふっ、意外でしょう？　カレンド様が頭脳労働担当で、私は肉体労働担当です」

どや顔で言い切っているマーガレット様に、カレンド先輩は温かい視線を向ける。

「とはいえ、魔法学校を卒業しないことには、結婚もなにもありませんからね。勿論、留年なんてもってのほかですよ？」

「魔法の実技では、毎回よい成績をいただいていますよ！　それに、赤点は回避しておりますから。ええと、だから、多分……大丈夫、です」

最後の大丈夫のところで声が小さくなりそっと視線を逸らしていたので、きっとギリギリなんだろうなと思う。他の人たちもそれに気付いたのか、ディーチャ氏は大きな溜《た》め息をつき、カレンド先輩も小さな溜め息をついていた。


まずはそれぞれの部屋に案内された。

マーガレット様は私の隣の部屋で、バウディは向かいの部屋だった。

「レイミ様！　今夜は女の子同士でゆっくりお話ししましょうねっ」

「旅でお疲れだろうから、やめなさい。すみませんね、こいつのことは気にせずゆっくり休んでください」

約束しようとするマーガレット様を、ディーチャ氏が頭を掴んで止め、そのまま彼女の部屋へと放り込んでドアを閉めると、軽く挨拶をして去っていく。

呆気《あっけ》にとられてディーチャ氏を見送ってからバウディと顔を見合わせて肩を竦め、それぞれ与えられた部屋に入った。

荷物はちゃんと部屋に運ばれており、荷ほどきをして一息ついた頃に、バウディと二人でカレンド先輩に呼び出された。私たちが通されたのは、会議室のようなシンプルな部屋だ。

……自宅に会議室とはさすが辺境伯邸だわ。この邸宅は外から見た通りに中も広いから、この様子だともっと大きな会議室もありそうね。

中央のテーブルにはこの国と周辺国が載った地図が広げられており、その上にいくつかの色つきの石が置かれている。

青がここということは私とバウディで、赤はミュール様、王都付近の緑の石は隣国の使者の位置かしら。

そう予想した内容はビンゴだった。

「ミュール様が着々とこちらに追いついてきているのですね」

バウディからも聞いていたのでそれほど驚きはなかったけれど、彼女がちゃんと我々の動向を追えていることに、ちょっと驚く。

「ああ、君たちの居場所の情報を、アーリエラ嬢に伝えている。そして、アーリエラ嬢から使者へ情報が流れているようだ」

本当にあの二人、仲良くなったのね。

アーリエラ様の精神魔法も、ミュール様の知識で手に入れたと言っていたし。そういえば、アーリエラ様はバウディルートに未練たらたらだったものね、だからバウディを使者と引き合わせようとしているんだわ。

前期の最終日に忠告したのに理解していないのか、それとももうやけくそになっているのか……。もしそうなら、こちらも気持ちを引き締めて対応しなきゃ駄目よね、あとがない人間はなにをするかわからないもの。

「使者は、まだ王都にいるのですか？」

「三日前にはまだ王都にいたが、もう移動しているはず。数日掛けて、視察の名目で国内を見て歩くということだから、ミュール嬢からの情報を待って、こちらに向かってくると予想されます」

カレンド先輩が私と、そしてバウディを見て言った。

「ご迷惑をおかけします」

バウディが神妙な顔で頭を下げれば、カレンド先輩は首を横に振る。

「いや、謝罪は不要ですよ。彼女は中和魔法という希有《けう》な魔法持ちではありますが、それを悪用するような品性の人物、このまま放置するわけにはいきません。ですが、現状ではミュール嬢を拘束するわけにもいかずにいました。しかし、今回の件があれば、アーリエラ嬢共々、罪を問うことができるようになるので、こちらとしても助かります」

なるほど、魔法学校での出来事だけでは、彼女たちの罪を問うことができないから、決定打が欲しかったということなのね。

私が階段から突き落とされたときに集まっていた人たちにアーリエラ様が精神魔法を使っていたみたいだから、私に不利な証言ばかりになっていたとしてもおかしくはないわけよね。これでは彼女たちを罪には問えない。

だけど今回の件で、隣国へバウディの情報を送り内乱を起こそうとする一派と繋がる、クーデターの幇助《ほうじょ》という罪状で、彼女たちの罪を問える。

もしかすると彼女たちにそこまでの悪意はないのかもしれない。なにせ、彼女たちは『ゲーム』に添うように行動しているだけだと思っているのだろうから。だけど、実際にやっていることはかなりヤバい。

そして、カレンド先輩は……いや、裏で指示しているのは、ビルクス殿下かな。殿下はアーリエラ様とミュール様を泳がせて、やらかすのを待っていたのだろう。

「現在、アーリエラ嬢は殿下との婚約も白紙に戻り、気を病んで部屋にこもっている、ということになっているようですが――」

カレンド先輩の言葉に、思わず聞き返してしまう。

「婚約は、解消ではなく、白紙に戻ったのですか？」

白紙ということは、最初からなかったことにしたわけよね？

「ああ、そもそもまだ内示の段階で、正式に婚約していたわけではなかったから。そういう処理になったそうだ」

なるほど、婚約の話自体なかったことにしてしまったのね？　処分ではなく『処理』ってところが、とても事務的だわ。

けれどそれってアーリエラ様にとっては酷《こく》かもしれないわね、最初から婚約者ではなかった……端《はな》から他人だって言われたようなものだし。

自業自得とはいえ、そりゃあ部屋に引きこもるわ。

彼女はビルクス殿下との結婚を目標にしていたもの……よそ見なんかせずにちゃんと目標に向かって行動していれば、こんなことにならなかっただろうに。

「傷心で部屋にこもっているということにはなっているが、実質公爵の意を受けての、軟禁だろう。それに、自分は動かず、ミュール嬢に資金提供をして動かしているんだから、反省はしていないのだろうな」

苦々しい様子のカレンド先輩だったけれど、本当にそうだろうか、それだけだろうか。

「カレンド殿、何点か確認したいことがあるのだが、いいだろうか」

バウディがカレンド先輩にそう切り出し、現在の外交使節の動向と規模を確認し、こちらの手勢についても確認していた。

この地で使節と向き合うのは間違いないのね。バウディもカレンド先輩……いやビルクス殿下も、最初からそのつもりだったのかも。

正直……私は、内容についてなにも口を挟むことはできなかったし、求められもしなかった。

適材適所だもの、おとなしく把握だけしておくわ。

そもそも、今回使節としてやってきた人たちって、バウディがいうところのバウディを擁立《ようりつ》しようとする派閥内でもトップの貴族とのことだ。いままでも、何度も部下を使ってバウディに接触を図ってきていたらしい。

私はそんな人たちがバウディに接触しているなんて、全然知らなかったけれどね。

バウディは国に戻るつもりがないし、お兄さんとも対立するつもりはないことをきっぱり伝えているのに、全然聞き入れてくれなくて何度も見当違いの説得をしてくるんだって。

曰《いわ》く、バウディのお兄さんである現王太子は諸外国との交渉に弱気だ、もっと武力をアピールして優位に立つべきだとか。王国内の一部の貴族ばかり優遇しているとか、もっと貴族優位の政策にしなければ国民を統治することができないとか。王太子への国民の求心力が酷く低いとか。王太子は政《まつりごと》を私腹を肥やすのに使っているだとか。

あることないことをベラベラと捲《まく》し立て、いまこそバウディが立ち上がるときだとけしかけてきてうんざりすると憮然《ぶぜん》とした顔で言う。

「いまは譲位の準備として、王太子である兄に政務を引き継いでいる最中だから、余計に彼らは焦《あせ》っているんだろう。国を離れて久しい私に嘘の情報を与え、義憤に駆られるように唆《そそのか》してくる」

バウディは笑みを浮かべる。あ、あれは怒っているときのやつだわ。

実際のところは、バウディはお兄さんと仲がいいみたいだし、だから国内の状況だって把握している。踊らされているのは、反王太子派の人たちなんだろうな。

「実際に貴族としての権力を笠《かさ》に着て、好き勝手をしようとしているのは、奴らのほうだ。そのために私兵を作り、反乱を起こそうとしているのだから」

そして、奴らの情報はバウディから王太子に筒抜けという図式ね。

今回の使節の目的はバウディの最終説得なのは明白。それを補助するためにアーリエラ様とミュール様が結託して動いている。

だけどバウディは隣国へ戻るつもりがないとなると、向こうは実力行使でバウディを連れていく……のかな？　連れていったところで、バウディならば拒否して帰ってきそうだけど。

「ふむ……だとすると、アーリエラ様がこっちに出向いて、バウディを洗脳するって感じかしら」

お茶をいただきながら、ポロッとこぼした言葉に、バウディが嫌そうな顔になる。

「洗脳されるほど軟弱な精神はしてないが？」

「でもね、物語の後半で、精神魔法を完全にものにしたアーリエラ様は、色々な人の精神を操作しているわ。現時点でどの程度の能力になったのかはわからないけれど、最悪、あのくらいの能力があってもおかしくないでしょ？　隣国の使節がバウディに接触する意味って、バウディを王様にして自分たちに有利な国政をしたい、くらいしか思いつかないんだけど」

「そうだな」

バウディが頷く。

「ということは、相手を洗脳して単純な野心を増幅させるだけの能力は、あると思っていいいんじゃないかしら」

　私の考えに、カレンド先輩が同意する。

「あり得ますね。アーリエラ嬢が使者に連絡を取る手段が、使用人を使ってのものだということがわかっていますから。しかも、使用人は連絡したことを忘れている」

「忘れて？　事後に記憶を失わせる魔法も使えるということですか」

「ええ、多分」

　バウディが押し黙る。

「でも彼女の使う精神魔法って。人が多ければ浅く、少なければ深く掛かるんじゃなかったかしら？　単純に広い場所に大人数を投入すれば、活路はあるのではないのかしら？」

　確かあのノートに、そんなようなことが書かれていたと思うんだけど。

「能力は魔力の量に依存するわけだから。魔法を分散させて、魔力を使わせてしまえばいいというわけですか。ふむ、そういう方法もありですね」

　カレンド先輩も納得してくれた。

「じゃぁ、私とバウディが、広い場所でピクニックでもして、あちらが接触しやすいように待つのはどうかしら。湖も捨てがたいですけれど、ここに来るときに見えた見晴らしのいい丘とか？」

　駄目で元々のつもりでそう提案したんだけど、やっぱりあっさりと却下されてしまった。

「あそこは、向こうにとっても隠れる場所がないが、こちらにとっても兵を潜《ひそ》ませる場所が離れすぎてしまい分《ぶ》が悪い」

あ、駄目って、場所が駄目なだけなのね。

「だが、ピクニック自体はいい案だと思う。帰国までの時間が少ないいまなら、隙を見せれば食いついてくるだろう」

バウディの言葉にカレンド先輩も乗ってくる。

「折角ピクニックをするなら、私もマーガレット嬢も誘って、ご一緒しましょう。マーガレット嬢ならば、レイミ嬢の護衛にもなりますし。少々、抜けているところもありますが、武力は相当なものです。それに、そろそろ対人戦の経験も必要ですから」

カレンド先輩が物騒なことを言う。

「では、こちらでピクニックに適した場所を選定しておきますね」

地の利はこちらにあると、カレンド先輩がイイ笑顔でピクニックの場所と準備を請《う》け合ってくれた。

夕飯は次期伯爵であるカレンド先輩の一番上のお兄さんも一緒で少し緊張はしたものの、マーガレット様とディーチャ氏も一緒だったので、和《なご》やかな雰囲気で助かった。因みに領主である辺境伯と奥様は領地の視察で不在だそうだ。

夕飯を終えてマーガレット様に彼女の部屋に連れ込まれそうになったところを、カレンド先輩が彼女を引き留める。

「明日は、湖でボート遊びをするんだろう？　今夜はゆっくり休んでもらいなさい」

その言葉に彼女はハッとなり、女子会を諦《あきら》めてくれた。

ボート遊びは夕食のときに改めてマーガレット様から提案されて、カレンド先輩のお兄さんたちにも勧められて決まった。

今更だけれど、隣国の使者の人たちが追いついてきそうないま、そんなことをしていていいのか不安になる。

そんな思いが顔に出てしまったらしく、カレンド先輩が大丈夫だと請け合ってくれた。

「あと二日は時間がありますし、こちらの準備は概《おおむ》ねできておりますから。折角の夏期休暇ですし、楽しみましょう」

「そうですよ！　折角の夏期休暇、楽しまなくてどうしますか！　レイミ様、お名残惜《なごりお》しくはございますが、お休みなさい。今日はゆっくり休んで、明日しっかり遊びましょうね！」

「ええ、お休みなさい」

手を引かれていく彼女に手を振って見送り、カレンド先輩とも別れる。

「さてと、じゃぁ今日は念入りに義足を整備しておこうか」

そう言うバウディに背中を押されて、私の部屋に入った。そして、部屋に入りドアを閉めた彼に抱きしめられる。

「すまない。私のゴタゴタで、危険な目に遭わせてしまって……」

謝罪されて面食らう。

「どうしたの？」

私を抱きしめる彼を見上げると、思い詰めた顔をしていた。

「私が自分でけじめをつけなければならないのに、こうしてあなたや周りも巻き込んでしまった。あなたに傷ひとつ、負わせるつもりはないが――」

謝罪している口を、人差し指で止める。

「なにを勘違いしているの？　悪いのは、あなたを担ぎ上げようとしている、馬鹿な人たちでしょう？　そして、その馬鹿に情報を渡している、ミュール様とアーリエラ様も悪い。だから、我々に余計な手間を掛けさせる彼らが謝罪すべきであって、あなたではないわ。でも、どうしてもなにか言いたいのなら、私は感謝の言葉がいいわ」

しっかりと彼の目を見て伝えた言葉に、彼はひとつ瞬《まばた》きして緩く微笑《ほほえ》むと、彼の唇を押さえていた私の手を取って指を絡ませ、そのまま私の指の節に口づける。

「ありがとう――いつも、あなたに救われる」

感慨深い声と共に、もう一度ゆっくりと彼の胸に抱きしめられた。

「バウディはその『救われる』っていうのが好きね」

そう言われると、照れくさくなっちゃうんだけどな。

彼の厚い胸にもたれて、苦笑する。

「本当に、救われているからな。最初は、十年前だ」

「十年前っていえば、レイミは五歳じゃない。その頃から？」

驚いて彼を見上げた私の額《ひたい》にキスが降り、スッと横抱きに持ち上げられたと思ったら、私を

抱き上げたまま彼はベッドに座った。

私を膝《ひざ》に乗せたままがっしりとした腕で私を囲って話を続けるので、私もおとなしく彼に体を預ける。

「お嬢が、私を拾ってくれたんだ。そして、私を頼ってくれた。そのお陰で私は私の居場所を得ることができた」

レイミが幼すぎたのか、バウディを拾ったという記憶はなかったけれど、彼が家に来てからというもの、兄ができたようでとても幸せだったことを覚えている。

「それから、レイミがあなたになってからも、あなたは私の心を軽くする言葉を、私を甘やかす言葉をたくさんくれている」

「甘やかした覚えなんかないわよ。バウディこそ、こうやって私を甘やかしているじゃない」

私が自分ですべき義足の整備を毎日してくれて、足場の悪いところではすぐに抱き上げるし、疲れているのを察すると休ませてくれる、そして人恋しいときにはスキンシップして私を安心させてくれる、これが甘やかしているのでなければなんなのかしらね。本当に、私のことをよく見ていると思うわ、彼の献身が愛《いと》しくて堪《たま》らない。

囁《ささや》くような声で反論して、すぐ側にある彼の唇にチュッとキスをしてから彼の膝から降りようとして、逞しい腕に阻《はば》まれた。

「やっぱり、あなたは私を甘やかす。自制心には自信があったけれど、揺らぐな」

降りようとしていた私をうしろから抱きしめた彼は、耳元でそう囁いてペロリと耳の端を舐《な》めてきた。

「ひゃぁっ！　駄目駄目っ、自制心は大事よっ！　ほらっ、お母様からも釘を刺されているでしょっ」

慌てる私に、彼は一度私をギュッと抱きしめてから深ーく溜め息を吐き出した。

「……そう、だな。軽はずみな行動は厳禁、節度ある関係を保たないとな。まだ、正式に婚約もしてないから、仕方ない。仕方ないよな」

仕方ないって二回言ったわね。

名残惜しそうに、私を囲っていた腕を解いてくれたので、そそくさと彼の膝を降りた。

その後は、いつも通りに彼が義足のメンテナンスをしてくれて。それから早々に部屋に戻っていったけれど、私はドキドキする胸を持て余してベッドでのたうち回ってしまった。

＊・＊・＊・・＊・・＊

「レイミ様ー！　あーさでーすよー！」

朝から元気いっぱいなマーガレット様に、ドア越しに叩き起こされた。

貴族になってからこんなに強引に起こされたのははじめてで、ビックリしてちょっと心臓がドキドキしている。

「おはようございます、マーガレット様」

大急ぎで義足をつけて、身繕《みづくろ》いしてドアを開けると、準備万端の彼女がニコニコしながら立っている。

「おはようございます！　今日はいい天気になりそうですよ。ボート遊びなので、動きやすい服を用意しました」

彼女に渡されたのは、私が自宅で運動するときに着るような、動きやすいズボンとすっきりとしたシルエットの短めのワンピースだった。

マーガレット様に叩き起こされたカレンド先輩と、私の部屋にマーガレット様が来たことで起きてきたバウディも一緒に早めの朝食を食べて、マーガレット様に追い立てられるように湖へと向かった。

漁港では、夜明け前から漁に出ていたと思われる小舟が、魚の入った箱を下ろしている。

私たちがボート遊びをするのは、漁港から離れた浅瀬の桟橋《さんばし》だ。

カレンド先輩の家の使用人たちが控えていて、万が一濡れても大丈夫なように、着替えも用意してくれているとのことで、至れり尽くせりでありがたい。

「これが、ボート？」

「そうよ？」

公園の池にあるようなボートをイメージしていたけれど、私の目の前にあるのはカヌーだった。それが二艘《そう》、桟橋に用意されている。

「大丈夫、落ちたら助けるわ」

キリッとした顔で宣言してくれたけれど、ライフジャケットもないので、そもそも落ちたくない。

バウディが一緒だから、心配はしていないけれど。

「今日は天気もいいし、波もない。船の上に立つなどしなければ、落ちることはないだろう」

カレンド先輩は慣れているのか、気軽な調子で説明してくれる。

「じゃぁ、私はレイミ様と――」

「デートだと言っているだろう。君はこっちだ」

私と一緒に乗ろうとしたマーガレット様が、カレンド先輩に引きずられていく。

「じゃぁ、我々も乗ろうか」

「私、ボートに乗るのがはじめてだけれど。ディは、大丈夫？」

陸に残るメイドさんに杖を預けてから、バウディの手を借りてボートに乗り込んだ。揺れる船にドキドキしながら彼に聞くと、彼もこんなに小さな船に乗るのははじめてだということだが、……なんとかなるだろう。

万が一、ボートから落ちても義足が脱げないように、今日はしっかりとベルトで固定しているし、準備は万端よ。

マーガレット様たちの様子を見て、パドルの使い方を把握する。このボートは船に固定されているオールではなく、一人一本のパドルを持って水を掻《か》いて進んでいくのね。

「私が前のほうがよさそうね、ディはうしろで舵《かじ》取りもお願い」

「了解した」

すいすい進む彼らに追いつくべく、私もしっかりとパドルを握って、見よう見まねで水を掻いた。

「案外ちゃんと進むわね。楽しいかも！」

うしろに座るバウディが推進力の補助と舵取りをしてくれるので、私はひたすら漕げばいいので、頭を使わずに体を動かせるのが楽しい。

「レイミ様ー、あんまり湖の奥のほうへ行かないでくださいね！　魚が襲ってきますから！」

マーガレット様がボートの上に立って、両手を振って注意してくれた。

カレンド先輩は慣れているのか、彼女が立ったままでも平気で漕いでボートを進めている。

「そういえば、魚型の魔獣がいるんだったわね――」

言った途端、船の進行方向のずっと先で、巨大な魚が空に向かって跳ね上がった。――噂をすれば魔獣が来る、というやつね。

魚が着水して、大きなしぶきが上がる。同時に私の体がバウディの腕に引き寄せられた。

そして、波が来る。

「ひゃぁぁあっ」

何度か大きめの波が来たけれど、転覆《てんぷく》することなく無事やり過ごすことができた。

「レイ、大丈――」

「た、た、楽しいぃぃいいぃ」

ジェットコースターは苦手だけれど、コレはいい！　下が水だからなのか、安心感がある。

「ボート遊び、楽しいわね！　ディ」

「ああ、うん。レイが楽しいなら、よかった」

歯切れの悪いバウディの腕が離れたので元の場所に座った。周囲を見渡せば、離れた場所にいたマーガレット様たちも無事なようで、視線が合うと両手を振ってくれたので、私も大きく手を振り返す。

「ディ、マーガレット様に合流するわよ！」

パドルをしっかりと握り、猛然と水を掻いて進む。

身体強化をしているので、かなりのスピードが出てとても楽しい。私たちのボートは、すぐにマーガレット様たちのボートの側に到着した。

「レイミ様！　大物に会えましたねー！」

ボートの上に立った彼女が、興奮気味に声を掛けてくる。

「凄かったですね！」

「実は、陸から魚を釣れる場所があるんですけどー！　釣りに行きませんか！」

マーガレット様のお誘いに乗らない手はないでしょう。

桟橋まで競争して船を戻してから、今度は意気揚々とマーガレット様お勧めの釣り場へと向かう。

釣り場はなんと崖の上とのことで、ここから少し離れているらしいので、カレンド先輩の家の馬車に乗り込んでの移動となった。

たどり着いたのは、湖に面した小さな崖。

広く開けていて、他にも釣り糸を垂らしている人がいる。こんな崖が釣りスポットなのね。

「はい、レイミ様。特注の釣り竿《ざお》をどうぞ！」

「ありがとうございます」

かなりしっかりとした釣り竿で、大きなリールもあり太めの糸が巻かれていて、その先には見たことのない大きさの疑似餌《ルアー》と針がついている。

これは、かなり本気のやつでは？

バウディとカレンド先輩にも竿を渡したマーガレット様が、まず見本を見せてくれる。

「いっきまーす！」

数歩下がった場所から、うしろに竿を引き助走をつけて「せーいっ！」という掛け声と共に竿を振った。

身体強化もあって、凄い勢いで糸が飛んでゆく。

暫く飛翔《ひしょう》して着水、少し様子を見てリールを巻いていく。あれは、五百メートル以上飛んだんじゃないかしら。

「という風に、投げます」

糸を巻き上げた竿を持って振り返った彼女に、頷く。

「あんな投げ方をするのは、彼女くらいだ。普通に投げていいんだぞ」

カレンド先輩が呆れたように補足してくれる。

確かに、他の釣り人が唖然《あぜん》とした顔をしているものね。

そのとき、先程マーガレット様の釣り針が落ちたあたりで、ザパーンと巨大な魚が跳ねた。

「もしかして……アレも釣ることができるんでしょうか？」

水中に戻っていく巨大魚を目で追いながら尋ねる。

「いや、さすがに魚型の魔獣を釣り上げた、というのは聞いたことはないな」

「でも前に、魚型の魔獣も食べられるって言ってましたよね？」

カレンド先輩の言葉で思い出した情報を確認すると、横から声が上がった。

「食べられますよ！　年に一度くらい食べる機会がありますが、他の魚よりもずっと美味《おい》しいです！」

食いつくようなマーガレット様の説明に、彼女と視線を交わし頷き合う。

「巨大魚、どっちが先に釣り上げるか競争よ！」

バウディとカレンド先輩、果ては他の釣り人及び使用人が呆れる中、私とマーガレット様の戦いの火蓋《ひぶた》が切られた。

二人で十分に距離を開けて場所を取り、メイドさんに杖を預けているのでさすがに助走まではつけないけれど、身体強化をフルに使って力業で竿を振る。

私、もしかしたら、釣りの才能があるのかもしれないわ！

一投目からマーガレット様と同じくらいの飛距離を出して、釣り針を着水させた。

そして――

「キター！」

巨大魚が釣り針に食いついて――

「一瞬で、逃げられたわ……」

一瞬だけ強い引きがあったけれど、すぐにプツンという手応えと共に引きがなくなった。

「普通の糸だと、噛《か》み切られるわけね」

マーガレット様の深刻な声に、糸を巻き取りながら頷く。

「だとすれば、糸を強化したらいいってことじゃない？」

「糸だけじゃ駄目よ、竿も強化しないと折れるもの」

確かにそうね。それに、竿ごと強化しないと、糸まで強化が届かないものね。

巻き取った糸に再度疑似餌と針をつけてもらい、釣り竿全体が体の延長線であるようにイメージする。

身体強化の延長としての釣り竿、うん、やれそうだわ。

「魚が掛かったら、一緒に引いてね？」

「任せて！」

彼女と頷き合い、再度力一杯竿を振った。

放物線を描いて飛ぶ釣り針を睨み、集中力を切らさぬように、リールから勢いよく出ていく糸に魔力を込める。

先程よりも遠くに着水した針が、錘《おもり》によって水中に沈んでいく。

強化、強化、強化。絶対に切られぬように、しなやかに強く。

「あの距離の糸に、強化を掛けられるのか」

感心するカレンド先輩にバウディが返事をしている。

「母君仕込みの、強化魔法ですね」

「レイミ嬢の母君といえば……父から聞いたことがある。確か、王妃殿下の侍女にして、護衛もしていた凄腕の――」

え、凄腕のなに？

「レイミ様！　集中っ！」

「はいっ！」

マーガレット様に活を入れられ、途切れそうになっていた糸への集中を戻すと同時に、水柱が上がった。

「掛かった！」

手応えが強くなり、体が持っていかれそうになるのを、身体強化をした体で踏ん張る。

マーガレット様も私の体をしっかりと掴み、グッと踏ん張ってくれる。

沖合で、針を食った巨大魚がバシャンバシャンと大きく跳ねた。その度に、糸がたわんだり引かれたりを繰り返し、休む暇もない。

ブルブル震える手で竿を掴み、隙あらばリールを巻くが、巻いた分だけまた引き出される攻防を繰り返す。

無尽蔵とも思われる巨大魚の体力と、こっちの体力。

「レイミ様、あの魚って、煮ても、焼いても、美味しいのよ！　下手《へた》な獣肉よりも、ずっとね！」

マーガレット様は息を上げながら、そう教えてくれる。

「では、是非、食べなくては、なりませんね」

巨大魚に抗《あらが》い、足が地面にめり込む。こんな風に、全力で全身に身体強化を続けたことなんてなかったけれど、これは結構キツいわ。

体温が上がり、汗が頬を伝う。

手にも汗を掻いているけれど、身体強化をした手でギチギチにグリップを握りしめているので滑るなんてミスはしない。

体感にして数時間の攻防の末、私とマーガレット様は巨大魚をすぐ近くまで引き寄せることに成功した。

崖下までたぐり寄せられた巨大魚は、最後の力を振り絞って跳び上がり、竿が緩んだ反動で転んだ私たちめがけて上空から巨大な口を開けて落下してきた。

カレンド先輩が、身体強化で力を使い切った私とマーガレット様を両脇に抱えてうしろに跳び、間髪入れずに落下してきた巨大魚の頭の付け根、延髄《えんずい》にバウディの振り抜いた剣が深く食い込んだ。

ズドォォン――

魚にあるまじき音を立てて地面に転がった巨大魚は、首の後ろを深く切られながらも、怒りも露《あら》わにこちらに向かってびったんびったんと跳ねてくる。

うそぉっ！　あれだけ切られて、まだ動けるの⁉

「怖っ！　カレンド先輩っ！　逃げて、逃げてっ！」

「さすが、魔獣！　活きがいいっ！」

「舌を噛むぞ、黙ってなさい！」

私たちを左右の腕に抱えて逃げてくれるカレンド先輩頼みで、抱えられているだけの私たちにはもうできることはない。

最初の一撃を入れたバウディがすぐに巨大魚と私たちのあいだに回り込み、二撃、三撃と頭を中心に攻撃を追加してゆく。

彼のひと太刀《たち》は重く、両手で振り下ろす長剣が鈍《にぶ》い音を立てて巨大魚に深手を負わせていく。

「攻撃は頭、尾びれを中心に！　身を傷つけないようにするぞ！」

「おうよっ！」

護衛として一緒に来ていたクロムエルの護衛の誰かが声を上げ、応じる声と共に魚への攻撃が激しくなり、格闘の末に巨大魚を仕留めた。

バウディを含め五人の剣を刺されてようやく巨大魚が動かなくなったところで、カレンド先輩が私とマーガレット様を少し離れた木陰へと連れていく。

「まさか、魔獣の一本釣りをこの目で見られるとはな」

カレンド先輩は感心しているのか呆れているのかわからない口調で言って、メイドさんによって用意された敷物の上に私たちを下ろしてくれた。

安心したら力が抜け、身体強化もできないくらい疲れ切っていた私たちなので、ありがたく木陰で休ませてもらう。

視線の先では、クロムエルの皆さんと近くにいた人たちが協力して、魚の血抜きをしている。

目測で五メートルはあるサイズだけど、ここに住む魚型の魔獣の中では小型なほうらしい。

因みに、私たちがここに到着する前に見た巨大魚だと二十メートル越えらしいので、そちらは釣る釣らないの話ではない。

「あれは、こちらで買い取らせてもらっていいか？」

「みんなで、釣ったものですから、気にしないでください。でも、絶対あとで、食べさせてくださいっ」

聞いてくるカレンド先輩に、ぜぇはぁと乱れる呼吸でなんとか答えを返す。

私一人で仕留めたわけではないのだから、所有権は私にはないと思うの。でも、絶品だというお肉は是非食べたい！

「ああ、ウチの料理人に腕を振るってもらうから、楽しみにしてくれ」

魚型の魔獣は手配された特製の荷馬車に乗せて運ばれ、私とマーガレット様もそれぞれのパートナーに抱えられて馬車に乗せられた。

「じ、身体強化を全力で使うのって、キツいものなんですね」

「身体強化を使っても、引きずり込まれるかと思いました……」

私とマーガレット様はもう体に力が入らなくて、それぞれバウディとカレンド先輩の膝の上で抱えられている。いまは、恥ずかしいと思う余裕もない。

「二人とも、帰るまで魔力の循環に集中しておくんだ。いくら身体強化は魔力を消費しないといっても、肉体は消耗している。魔力を循環させることで、多少回復が早くなるから」

バウディに言われ、体の力を抜き、彼にもたれて魔力の循環に集中する。

その日の夕食はとても豪勢だった。巨大魚のステーキに、巨大魚のカツ、巨大魚の煮込みに、巨大魚のムニエルなどなどとにかくあらゆる魚料理が振る舞われた、どのお料理もマーガレット様の言葉通りそこらの肉よりもずっと美味しかった。

これは、定期的に食べたくなるお味だわ。帰宅したときに、伯爵邸の人たちから大絶賛されたのも納得のお味だもの。

「アレを釣り上げられるということがわかったから、今後は領兵の訓練に釣りを取り入れよう。いい名物になるぞ！」

カレンド先輩と次期領主のお兄さんがそんな計画を立てているというのを、マーガレット様が楽しそうに教えてくれた。

「はぁー、今日は疲れたぁぁぁ」

自分でやる元気もないので、バウディに清浄の魔法を掛けてもらって、ベッドの上に大の字に寝転んだ。

「お疲れ様」

ベッドに腰掛けたバウディが、労《いたわ》るように髪を撫でてくれる。大きな手が気持ちよくて、うっとりしちゃう。

「ディ、手を貸さないでいてくれて、ありがとう」

私が、私とマーガレット様の二人で釣り上げたいって、どうしてわかったのかしら。

「どういたしまして。今日はしっかり、義足の手入れをさせてもらうぞ」

「よろしくお願いします」

義足に無理をさせた自覚があるので、どこかにガタがでているかもとヒヤヒヤしながら義足をバウディに預ける。

「強化魔法を使いすぎて疲れただろ？　義足の手入れはしておくから、もう休むといい」

ちゃんと最後まで整備を見ているつもりだったのに、寝転がっていたのが敗因か、気がついたらうとうとと微睡《まどろ》んでしまっていた。

「お休み」

唇に柔らかな感触がして、気合いでぱっと目を開けるとすぐ近くに彼の顔があり、ギョッとされた。

「いま――」

「いや、あの……」

逃げようとする彼の首に腕を回して引き寄せ、動揺している彼の緑色の目を覗《のぞ》き込む。

「ねぇディ、お休みのキスは、ちゃんと、私が起きているときにしてほし――」

すべてを言い終える前に唇は塞《ふさ》がれて、私の願いは叶《かな》えられた。

幕間　兄弟

　この国の第二の首都とされる町の高級な宿の部屋で、隣国の王太子であるリグレストは弟であるバウディと再会を果たした。

「久しいな、アフェル」

　両手を広げて弟を歓迎した兄に、弟は臆《おく》せずに近づき抱擁《ほうよう》してくれる。

　随分大きくなってしまった、十年の歳月を掛けた彼の成長に、泣きそうになってしまう。

「お久し振りです、兄上。お元気そうでなによりです。目の下の隈《くま》もすっかりなくなりましたね、よかった」

　身長も伸びてすっかり逞《たくま》しく成長した弟の言葉に、自分は随分と弟に気に掛けられていたのだと知って、嬉《うれ》しさを苦笑で隠した。

「アフェルも、元気そうだ」

「はい、こちらでよくしていただいております」

　お互いを労《ねぎら》ったところで、部屋に用意してあったテーブルへと移動する。

　軽食とワインが用意されているそこに座り、再会に乾杯した。

「無事の再会に」

グラスを掲げてから、ワインで口を湿らせる。

「抜け出して大丈夫だったか？」

「ええ、問題ありません。それにしても、まさか兄上とこうして異国の地で再会できるとは思いませんでした」

はにかむように言った弟の言葉に同意する。

まさかこうしてもう一度会えるとは、それも、他国で再会するとは思ってもみなかった。

それもこれも弟が過去を水に流して手紙を送ってくれたから叶《かな》ったことだ。

「手紙だけのやりとりなんて、寂しくてな。折角《せっかく》だから、害虫退治がてら、こうして会いに来たんだ」

最近は文書でのやりとりはあったものの、こうして会うのは十年ぶりだった。いや、それ以上だろうか。

バウディが十五の歳《とし》に国を出る、その少し前くらいから弟との仲がギクシャクしていた。いまとなればそれは、二人を仲違《なかたが》いさせようとする者たちの虚言に振り回されてのことだったとわかる。

だが当時は、それを信じてしまった、信じて裏切られて、誰も信用できなくなって、バウディはたった一人で国を出た。

丁度《ちょうど》王妃である母が亡くなり、父が政務で忙しくなり、自分は王太子教育がはじまり時間がなくなっていた時期で、彼が相談することが憚《はばか》られたのも、悪い巡り合わせだった。

「兄上ご自身が、こちらまで御足労くださるとは思いもしませんでしたよ」

裏のない顔でそう指摘する彼に、確かに過去の自分ならば、来るという選択肢《し》すら思いつかなかっただろうと苦笑する。

「そうだろうな。手紙でも書いたが、君がいなくなって目が覚めたんだ。本当に重要なことに、時間を割《さ》くべきだと」

一旦言葉を句切り、深く息を吸う。

「あの頃の私は、病床の母をもっと見舞えばよかったし、アフェルと過ごす時間を大切にすべきだったんだ。すまなかった、君の苦しみに気付いてあげられなくて」

テーブルの上で握り込んだ手を、彼がポンポンとあやすように叩《たた》いた。

「兄上、もう悔やまないでください。過去は消えませんが、未来は自分次第で変えられるのだと、私はある人の生き方を見ることで教えられました」

そこで彼は誰かを思い出すように、優しく笑んだ。

「兄上はこうしてここまで来てくれたし、私も恨んでいない。私たちは、自分で未来を変えたんです、いい方向へ」

確信めいた彼の言葉に、心が軽くなるのを感じる。そうか……私は自分の手で、未来をいい方向へ変えたのか。

故郷を出奔《しゅっぽん》するほどやさぐれていた彼を癒やしたのが、彼が身分を隠し、従者として仕えている家なのだろう。

彼が従者として働いているのを知って、あのわんぱくだった彼が誰かの下で働けるのかと驚いた記憶がある。

「――君がいい人たちに出会えて、本当によかった」

思わずしみじみと出た言葉に、彼は一瞬きょとんとしてから笑った。

「はい、私もそう思います」

屈託のないその笑顔を浮かべる彼のいまの境遇に感謝し、少し彼の現況などを聞いてから本題に入った。

「今回動いている奴らは、あのときお前に虚言を吹き込んだガーデスト伯爵の一派だ。当時、君の剣の指南役をしていたのが、ガーデストの息子だが覚えているか？」

体を動かすことが好きだった彼は、一番真剣に取り組んでいたのが剣の稽古だったから、きっと覚えているだろうと思ったが。

名を聞いて、予想以上に表情を険しくした彼が頷《うなず》く。

「ええ、忘れませんとも。現ガーデスト伯爵自身も頻繁《ひんぱん》にやってきて、親子共々私が兄上と仲違いするように、あることないことを吹き込んでいた張本人ですから」

「そうなのか……っ」

驚いた私に、彼は自嘲するように目を伏せて、手にしたグラスを回した。

「今思えば、なぜあのような言葉に心を揺らされたのかわかりません。随分くだらぬ言い分を聞かされました。曰《いわ》く、母上は病などではなく毒を盛られているのだとか、兄上は私のことを殺して王位を得ようとしているだとか、国王は国民から搾取《さくしゅ》することしか考えていない、このままだと謀反《むほん》が起こるだろうなどと。考えれば、不敬も甚《はなは》だしい言葉です」

グラスを離し、握り込んだ手からギリギリと音がする。

もしかすると彼がいま口にした以上のことを、ガーデストから吹き込まれていた可能性もある。当時軍部を支配していたヤツならば、自分の配下の者で弟の周囲を固めるなど容易《たやす》かっただろう。

なぜあのような愚昧《ぐまい》な輩《やから》を軍部の頭に据えていたのか、悔やんでも悔やみきれない。

弟を傀儡《かいらい》にしようとした奴らに、腹の中に怒りが渦巻く。

「奴らには、必ず報いを受けさせる」

家族を傷つけられた怒りで決意を口にし、彼への謝罪を伝える。

「あの頃、年若いお前を気遣えなかった我々の落ち度は大きい、本当にすまなかった」

「いいえ、兄上、謝罪はやめてください。それがあったからこそ、私はこの国に来て、彼女に出会えたのです」

彼の照れ混じりの言葉に苦笑する。

「レイミ・コングレード嬢か。その、本当に、彼女と一緒になるつもりなのか?」

何気ない風を装って聞いたものの、真偽を疑う響きが混じってしまった。

彼女が片足を失っていること、彼女と弟の身分差、それに十も年下の彼女に弟が傾倒する理由もわからない。

「はい、彼女以外には考えられませんので」

真《ま》っ直《す》ぐに答える彼に、これは説得などは無駄《むだ》なのだと理解する。

思い込んだら一筋で、国を出るという暴挙も厭《いと》わない、思い切りのいい男だから。

幼少より変わっていないその性格に、思わず笑顔になる。

「十の歳の差など、貴族間では珍しくもないしな。だが、あちらは貴族の娘。今のままのお前では、結婚は難しいぞ」

私が指摘すると、彼は黙り込んでしまった。

そんな彼を見て、軽くワインで口を潤《うるお》してから、ひとつの提案を持ちかけた。

それは、既《すで》にこの国の第二王子とも相談済みの内容ではあったが、果たして国を出奔までした彼が提案をのむかどうかはわかりかねていた。

なにせ、頑固な気質のある弟だから――だがその心配は杞憂《きゆう》で、私の提案を熟考した弟はその表情を緩《ゆる》めた。

「兄上のご厚意に感謝いたします」

「提案をのんでくれるか？」

最終確認にしっかりと頷きを返した彼にホッとして、グラスを掲げてもう一度乾杯した。

弟には納得してみせたが、なにせ彼は盲目的なところがあるので、本当に大丈夫なのかこの目で見るまでは――と、後日、偶然を装い弟の思い人と接触した。

片足を失っているとは思えない溌剌《はつらつ》とした様子に驚く。

アフェルよりも濃い緑色の目は好奇心に満ちて、貴族の子女なら敬遠しそうな武器屋で楽しそうに見て歩いていた。放っておいたら大剣を買いそうな彼女に、取りあえず投擲《とうてき》武器をひとつ贈って別れたが。

その後、本当に義足なのかと疑いたくなる速度で走っていた彼女を助け、喫茶店でお茶をするに至って、あの弟が惚《ほ》れた相手はどうやら一筋縄ではいかない女性だと知ることになった。

第四章　決戦

「いいお天気でよかったですね、レイミ様」

「ええ、素敵なピクニック日和《びより》ですね」

一昨日とは一転して、落ち着いた色合いのワンピースを着て淑女然として日傘を回すマーガレット様と並んで、いつもは下ろしている髪を結い上げて手持ちの中でも動きやすいワンピースを着て杖《つえ》をつきながらゆっくりと公園の小道を歩く。その私たちのうしろを上着まできっちり着たバウディとカレンド先輩が、大ぶりなバスケットと巻いた敷物を持ってついてくる。

この公園は領主であるロークス家が管理していて、日頃は地元の人や観光客の憩《いこ》いの場になっているということだ。

木々に囲まれた緑豊かな公園にはチラホラと人の姿がある、園内を管理している体格のいいお兄さんとか、ベンチを数人で運んでいる体格のいいお兄さんとか。あとは、公園の入り口でのんびり日なたぼっこしている体格のいいおじさんとか。

そして、目的地としていた広場に到着してすぐに、思わぬ人物に声を掛けられた。

「バウディさまぁ！」

大きく上げた右手を振りながら駆け寄ってくるのは、ミュール様だった。

まさか、彼女が直接来るとは思っていなくて、かなり驚いた。彼女は、私たちの行動を調べて、情報をアーリエラ様に送るだけの要員ではなかったのね。

変わらない満面の笑顔が怖い……それに、どうして制服なのかしら？

足を止めていた私たちのところまで走ってきた彼女は、肩で息をして額《ひたい》から流れる汗を手の甲で拭《ぬぐ》う。

「ミュール様、どうしてここへ？」

不信感を露《あら》わにして聞いた私に、彼女はニコニコとした表情を崩さない。

「レイミさんのお母さんに聞いたの！　カレンド会長のところに遊びにいくって」

さらりと嘘《うそ》を吐き出す彼女に、思わず眉根が寄ってしまう。

「おかしいですね？　母に行き先を伝えておりませんのに？」

私の言葉を、彼女は「あれー？　そうだっけー？」とヘラヘラ笑って取り合わない。

「そんなことよりもバウディ様っ！　わたし、あなたに大事な人を紹介しにきたの」

バウディに駆け寄り、その腕に掴《つか》まろうとした彼女を、彼はスッと避《よ》ける。

そういえば、彼女は触れることで中和魔法を使うのよね。確か、ステータス画面にバーがあって、そのバーの上を左右に移動するマークがあり、それをビシッと丸のところに止めたら魔法が発動するって言っていたかしら。

バウディにも触られたら中和魔法を掛けられるって伝えてあったから、彼女の手を避けて距離を取ったのね。

私もマーガレット様に腕を引かれて、少し下がる。

「触れないでいただけますか。あなたが私の大切な人を傷つけようとしたのを、忘れてはおりません。実に不愉快です」

きっぱりと言い切った彼に、彼女はぷぅっと頬を膨《ふく》らませる。

「いい加減目を覚ましてよぉ〜！　バウディ様は、こんなところで終わるような人じゃないんだよぅっ！　もうっ！」

「目を覚ますのは君のほうだろう、ミュール・ハーティ嬢。君の行動は、学校でも目にあまっていたぞ。何度も注意を受けているにも関わらず、それを直すこともない。君は本当に、学ぶ気があるのか」

バウディの前に出たカレンド先輩の毅然《きぜん》とした言葉に、彼女はうんざりした顔を隠さない。

「やっぱ、カレンド会長って、邪魔するのよね。前期でも、生徒会メンバーに近づく邪魔ばっかりして。お邪魔キャラはどこまでいっても、お邪魔キャラ」

肩を竦《すく》めて両手のひらを上に向ける小馬鹿にした態度が、実にむかつく。

「あなたはまだ、この世界がゲームだなんて思っているの？」

「だって、ゲームだもの」

揺るぎない目で私を睨《にら》む彼女は、本気でそう言っているようにしか見えない。

彼女にとってはゲームの感覚だけれど、私にとって……いやこの世界の人間にとっては、紛《まぎ》れもない現実の世界なのに。

「あなたやアーリエラ様っていう、イレギュラーがあったけれど。それでも、選択肢《し》はなくならないのよ、ほら、いまだって出てい────っ！　んんんっ！　もうっ！　どうして言えないのよっ！」

言っている途中で口が縫い付けられたように動かなくなり、顔を赤くして息を吐き出した彼女は、眉をつり上げて足を踏みならした。

その様子はとても奇妙で、本当になにかの干渉が彼女にあるのではないかと思わせる。

息苦しかったのか、涙目の彼女はキッと私を睨んで言葉を続けた。

「わたしのゲームは、まだ終わってないのよ」

そう言って虚空《こくう》を睨んだ彼女はニヤリと笑い、場所を譲るようにゆっくりと横にずれた。

その途端《とたん》に、彼女のいた場所のうしろにズラリと二十名以上の騎士が現れた。

あれ？　情報では九人くらいじゃなかったっけ？　どういうこと？

三名の貴族らしき服装をした筋骨隆々《きんこつりゅうりゅう》で猛々《たけだけ》しい雰囲気の男性たちが並び、そのうしろに隣国の騎士服の男たちが扇状に広がる。

「姿を隠す魔道具は、我が国では使用を制限されているものですよ」

カレンド先輩の言葉を、彼らはフンと鼻を鳴らしただけで相手にしない。もの凄《すご》く態度が悪くて、腹立たしい。

学生だからと見下しているのか、我が国の貴族だから見下しているのか、判断がつきかねるけれど、どちらにしても最悪の態度だ。あっ！　もしかして、その姿を隠す魔道具で隠れて入国したのかしら？　それって、違法入国じゃない？　ということは、我が国自体を軽く見ているってことなのかもね。

「アフェル・バウディ・ウェルニーチェ殿下、お探し申し上げました。長らくのご不在、我々臣下一同殿下のお戻《もど》り、首を長くして待っておりましたが、この度《たび》は、待ちきれずにこうしてお迎えに上がりました。どうぞ、我々と共に、地に落ちた現政権を打倒し、正しき道を民に指し示しましょうぞ！」

真ん中にいた、一際厳《いか》めしい顔つきの男性が、両手を広げ大袈裟《おおげさ》な仕草でマントを翻《ひるがえ》し、バウディに向かって臣下の礼を取った。慇懃《いんぎん》な態度ではあるけれど、その前のカレンド先輩に対する態度があるので嘘くさく見える。

厳めしい男に倣《なら》うように他の二人、そしてうしろの騎士たちも一斉に跪《ひざまず》く。

ちょっと壮観なその様子を、バウディはうっすらと笑みを浮かべて見ている。あの表情は……かなり怒っているわね。

「私が、貴殿らにつくと、本気で思っているのか？」

バウディの硬い声が彼らに掛けられると、先頭の男性が伏せていた顔を上げた。

「思っております。現在の我が国の窮状を知れば、我々と共に立ち上がるという選択肢しか残らぬはずです。どうか、我々の言葉をお聞きください」

宥《なだ》めるように、賺《すか》すように、大人が子供を諭《さと》すように語ったその口調で、彼がバウディを侮《あなど》っていることがありありとわかる。

せめて、もう少し真摯《しんし》に話せばいいのに。結果は変わらないけれど。

「貴殿らはなぜ、私だけではなく他の者もいるこの場で、そのように国家転覆《てんぷく》を謀《はか》る大それたことを口にした？　そしてなぜ、この国の法に背《そむ》く魔道具を使う？　――まるで、不穏当な要素しかないではないか」

バウディに指摘されて、謀略《ぼうりゃく》を聞いた私たちの口を封じる気満々なのだと気付く。

でもそうすると、バウディを我が国がバックアップして、という話にはならないわよね。

アーリエラ様の薄いノートでは、バウディが我が国の後ろ盾を得て、隣国の王になるって話だったはずなのに、これでいいの？

バウディの言葉に、使者はニヤリと口の端を上げた。

「このようなところで、女を侍《はべ》らせてのんきに散策などしておられるので、どれほど日和《ひよ》られたのかと心配しておりましたが。心配はいらぬようですな、安心いたしました」

どんだけ上から目線なのよ。

そして、横に避けて成り行きを見守っているミュール様のどや顔が視界に入って、イライラに追い打ちを掛けてくる。

あの子は自分がなにをしてるのか、理解しているのかしら？

いやでも、さっきのおかしな様子も気になるわね、もしかしたらまだなにかあるのかもしれない。彼女がこの世界をゲームだと思い込むような、超常的な『強い理由』が――

ゾワッと背中に悪寒《おかん》が走る。そんなものはあるはずがないという否定のすぐあとに、日本人だった私がレイミになっているという不思議な現実を思い出して、もしかしたらあり得るのではないかと思い直す。

いやいや、理由なんて考えるのは無駄《むだ》だろう。魔法だってそうだけれど、不思議なことや理屈に合わないことが起きたとしても、それがこの世界なのだと受け入れるしかない。

私がレイミであることも——あちらでの自分の名前を忘れてしまった私は、もう元の自分に戻ることはないのだという確信めいた予感と共に——これはこういうものなんだと受け入れるしかないのよ。

ミュール様にもなにかのっぴきならない事情があるのかもしれないけれど、私はもう彼女に注意はした。それでも変わらなかった彼女を、他人が動かすことは無理なのだろうと思う。

「——本当に聞き分けのない方だ。少々荒っぽくなることは、ご了承ください。必ずあとで我々に感謝するときがきますから」

先頭の男の言葉を受けて、控えていた騎士たちが一斉に立ち上がる。

「貴様の自信がどこからくるのか、是非聞きたいものだ」

バウディはそう言いながら、手にしていたバスケットに手を突っ込み——取り出された見覚えのある棒が、彼の手の中で長さを三倍にした。

彼からバスケットを受け取りがてら視線を合わせると、そろっと外された。

「……お借りしています」

勿論《もちろん》、義足から三段ロッドが抜かれていることは、とっくに気付いていたわよ。ふふっ、空いた場所には、代わりのものを入れてあるけれど、それは内緒。

「高くつくわよ」

ニヤッと笑った私に、怒声が飛んできた。

「殿下を狂わせた性悪女め！」

唐突に声を荒らげた貴族の男が、腰に佩《は》いていた剣を引き抜いた。

外交使節として他国を訪れる地位も身分もあるような人間が、初対面の人間に怒声を浴びせるなんて、そんなことは普通はないだろう。私を性悪女だと言い切るってことは、誰かにそう吹き込まれたってことよね。

「もしかして、直接アーリエラ様に、接触したのかしら？」

私に対する狂気じみた怒りで顔を赤くする男に、アーリエラ様の精神魔法の影が見えてゾッとする。

思わずこぼれてしまった私の呟《つぶや》きを、カレンド先輩が拾う。

「それはあり得るな。先程、新しい情報として、数日前からアーリエラ嬢が行方《ゆくえ》をくらませているとの連絡もあったことだし」

バウディもその話は知っていたのか、平然と聞いている。驚いているのは私だけじゃない？仲間はずれはよくないぞ！

「ということは、アーリエラ様も十中八九ここにいらっしゃるってことかしら？」

大きめの声で話したら、覿面《てきめん》にミュール様が動揺した。

本当に素直ね、泳ぐ彼女の視線で確信できるわ。

「問題はどこにいるのか、ってことね」

「そちらは、どうにかする当てがありますので、ご安心を」

カレンド先輩がそう言いながら、丸めて持っていたピクニック用の敷物の中から剣を取り出した。

「レイミ様は、安全なところまでお下がりくださいね」

マーガレット様もいつの間にか、手に短めの剣を持っている。……さては、スカートの下に隠してあったわね？

彼女はこの状況にも臆《おく》することなく私を守ろうとしてくれる。

「私だって杖があるんだから、魔法は使えるわよ」

そう言って杖をしっかりと握りしめると、彼女がしょうがないなーというように緩く首を左右に振った。

「レイミ様、災害時以外の魔法の使用は禁止なので、安全なところにいてくださいね」

マーガレット様に笑顔で念を押されてしまった。前に出られたら邪魔だからうしろにいろよって、副音声で聞こえたわ。

ああもうっ！　平民になっていたら、気兼ねなく魔法を使えるのに！

カレンド先輩に魔法学校の退学の件がどうなったか、聞いておけばよかった。

目論見《もくろみ》通りに退学になっていたら、ここで魔法を使っても問題ないのに！　そもそも、命の危機でそんなルールなんて守ってられないでしょうっ！　という不満を飲み込んで、バウディから受け取ったバスケットを持ってうしろに下がり、みんなの背中を見る。

私の動きが戦闘開始の合図になったのか、向こうの騎士たちが、一斉に剣を抜いた。

何倍もある数の暴力。バウディ以外は魔法学校生である我々なので、実力でいえばもっと差があるわね。

なんてね――ふっふっふっふ、そう思っているのはあちらだけ。こちらには、公園中に配置した、クロムエルの兵とロークス伯爵の兵がいるのだよ。

数の有利を確信している彼らが動きだした一拍後、突然周囲にズラリと『騎士』が現れた。

あれ？　兵士じゃなくて、騎士？

当初の予定では、周囲の森から領兵とクロムエルの兵たちが駆けつけるはずよね。

「姿を隠す魔道具って、使用禁止なのでは？」

我が国の制服と、隣国の制服を着た騎士たちがぐるりと取り囲む中、思わず呟いてしまった。

「許可があれば、問題ないよ」

私のすぐうしろで声がして、ビックリして振り向けば。ビルクス殿下とベルイド様が立っていた。

よもや、このお二人まで！

「レイミ嬢とマーガレット嬢のお陰で、珍しい魚をいただくことができました」

「久し振りです、レイミ嬢。巨大魚、大変美味《おい》しゅうございました」

真剣な顔のままのお二人から、巨大魚のお礼をいただいてしまった。一昨日には既《すで》にこちらにいらっしゃったってことかしら？　敵を欺《あざむ》くには味方からってことね。

ともあれ、今度はあちらが劣勢に傾いた。

しかもこちらの半数は隣国の騎士ってことは、バウディのお兄さんも噛んでいるわね。

「こっ、こんな、馬鹿な……っ」

当然たじろぐ三人の貴族の前に、隣国の騎士服を着た一人が前に出る。

「ガーデスト伯爵、サンシータ伯爵、ユルハング男爵。国を揺るがそうとした貴殿らの罪、情状酌量《しゃくりょう》の余地はない！」

堂々とそう言い渡した金髪の偉丈夫は、隣国の王太子であるバウディのお兄さんだ。

名前を呼ばれた彼らが目に見えて狼狽《うろた》える。

「リッ、リグレスト殿下っ！　な、なぜこんなとこ――」

ガーデスト伯爵と呼ばれた貴族が動揺のまま叫んだ声が不自然に途切れて、彼の表情がフッと抜け落ちた。そして左右に体を揺らしたかと思うと、次の瞬間には不敵な笑みを浮かべた顔を上げて剣を握り直した。

まるで操り人形のようなその動きに、背筋がゾクゾクと慄《おのの》く。

「なるほど、都合がいい。これから我が国の王太子殿下は、国外を旅行中に不慮《ふりょ》の事故に遭《あ》われるのだ！」

突然、殺《や》る気満々になった彼は、バウディの兄……リグレスト殿下に向かって遮二無二《しゃにむに》剣で切りつけていく。武闘派というだけあって、体格のいい彼の剣は重そうな音を立てて振り下ろされるが、周囲を固めている騎士によって阻《はば》まれる。

なのに、伯爵の覇気《はき》に触発された二人の貴族が、目を血走らせて剣を振り上げた。

「う……おぉぉぉっ！　ガーデスト伯爵に続けぇぇぇ！」

鬨《とき》の声を上げた貴族に、うしろにいた騎士たちもそれに続いて猛然と剣を振るいはじめた。

どう見てもジリ貧なのに、これが騎士ってものなのかしら。

「逆賊を捕らえよ！」

リグレスト殿下の声に応じて、隣国の騎士たちが殺到する。

「我が騎士たちよ！　加勢せよ！」

ビルクス殿下の声に、我が国の騎士も続いた。

あとには引けない状況で殺す気で掛かってくる相手を、殺さずに無力化するのはなかなか難しいようで手こずっているみたい。

バウディとカレンド先輩は戦闘には参加せず、私やビルクス殿下を背にして油断なく守りの姿勢で構えたものの、敵はリグレスト殿下狙いだからかこちらには見向きもしない。

「――なるほど。精神魔法で士気を高揚させているのか」

側《そば》にいるベルイド様が戦況を見ながら呟いた言葉に、納得する。アーリエラ様の魔法の影響があるなら、あの強気も理解できるわ。

「この近くにアーリエラ様がいる、ということですね」

少なくともこの公園内にいて、彼らの士気を高揚させているはず。

「自分からは現れないようですし、そろそろ出てきていただきましょうか」

ビルクス殿下が片手を上げると、公園の周囲を囲む木々の中から不協和音のような音が聞こえてきた。

「なに、この音」

「目くらましの魔道具を無効化する魔道具です」

不快な音に顔を顰《しか》めると、ベルイド様が私と同じように顰めた顔で教えてくれた。

音がやむと同時に、私たちの側に黒いフードにすっぽりと包まれた人が現れ、驚いて思わず後退《あとずさ》る。

「――なんで、なんでこんなに、物語が変わってしまったのかしら……」

深く被《かぶ》った黒いフードから華やかな金色の巻き毛がこぼれ、鈴を転がすような声が不思議そうに独りごちる。

「アーリエラ様」

「ビルクス様、ビルクス様、どうして？　どうして、あなたはわたくしを見捨てるの？　わたくしは、あなたの妻になるために、あなたの力になるためにこうして――」

項垂《うなだ》れたままゆらゆらと左右に揺れながら、ビルクス殿下に近づこうとした彼女を、殿下の護衛の騎士たちが剣を交差させて行く手を阻む。

「アーリエラ嬢、誰もそんなことをあなたに望んではいないよ。私の妻になりたいのならば、普通でいればよかったのです。勉強ができないのであれば、目立たずにいればいい。魔法が不得手ならば、周りに得意な者を置けばいい。あなたはそうできる立場だったでしょうに」

なにもしなければ、それでよかったと言ったビルクス殿下に、うつむいていた顔を上げたアーリエラ様は、ぼんやりと彼の顔を見てふわりと微笑《ほほえ》んだ。

フードに隠れていた顔には濃い隈《くま》ができ、肌もガサガサで血色が悪い。なのに、両耳には大きな宝石のついた重そうなイヤリングをして、胸にもサイズだけは大きい宝石のついたセンスの悪いペンダントを下げている。

「ビルクス様、わたくしの愛《いと》しい王子様。早く婚約式をしましょう。そうだわ、卒業など待たずに結婚して、陛下を安心させてあげましょうよ」

ふわふわと夢見心地に囁《ささや》くような声で言って、ビルクス殿下に伸ばすその手にもゴテゴテと品のない指輪がいくつもついている。

ビルクス殿下は、護衛が制止するあいだを抜けて彼女の前に立ち、伸ばしてきた彼女の手を取った。

まさかビルクス殿下も、アーリエラ様の精神魔法に掛かってしまったわけじゃないわよね？

彼は彼女を引き寄せると、哀れむような表情で彼女を見下ろした。

「こんなに魔道具をつけなければ、満足に魔法が使えないのだね」

ビルクス殿下は、彼女の指に嵌《は》まっている大きな石のついた指輪を外していく、指輪が終われば今度はイヤリングを、そして最後にペンダントを外した。

されるがままに、ぼんやりとその様子を見ていた彼女だったけれど、不意に小さく笑う。

「うふふ……男性が女性の装飾品を外すのは、初夜と決まっておりますのに」

うっとりとそう言うと、ビルクス殿下の手から逃げるように数歩ふわりふわりと退いた。

ビルクス殿下の指摘通りなら、彼女は魔力を増幅するためにあれだけの魔道具を身につけて精神魔法を使っていたということだけれど、その魔道具を取り除かれたのだから精神魔法の威力は落ちるのよね？

だけど彼女に危機感はなく、余裕すら感じる。

「ユルハング男爵が止まったぞ！　拘束用魔道具を使用して捕らえよ！」

騎士の中の指揮官らしき人から声が上がり、それに応える声が聞こえた。

その声に釣られてそちらを見ると、確かにユルハング男爵と呼ばれていた人が、剣を地面に突き刺し片膝《かたひざ》をついて頭を抱えている。

「精神支配が切れた反動か？」

ベルイド様が唸《うな》るように言うと、サンシータ伯爵も呻《うめ》いて膝から崩れ落ちた。

「ぐ、ぬぅぅっ！　これしきのことで！　これしきのことでぇぇぇ！」

最も体格がいいガーデスト伯爵は、血走った目で剣を振り回し、距離を取っていたリグレスト殿下に向かって猛然と駆け出した。

闘牛のようなその突進に、騎士たちが薙《な》ぎ払われていく。

「殿下をお守りしろ！」

手練《てだ》れである騎士を薙いでいくその強さは、確かに武に秀《ひい》でた家門の長であると思わせる。

「お嬢、クナイはあるか」

いつの間にか近くに来ていたバウディの問いに、義足の側面を開いて隠してあったクナイを素早く取り出す。

「高くつくわよ」

「体で払おう」

ニヤリと笑い合い、彼はクナイを受け取ると燃えるような目で狙いを定め、気合い一閃《いっせん》、目にも止まらぬ早さで腕を振り抜いた。

「は、あ、がっ……」

混戦している中にあって、真っ直ぐに飛んだクナイは、ガーデスト伯爵の首のうしろに深く突き刺さる。

「これで——終わりだ」

苦々しくバウディが呟いた。

ガーデスト伯爵は、惰性《だせい》で数歩歩いたものの、巨大な体はそのまま前方に倒れ伏し、リグレスト殿下の前で動かなくなった。

倒れた巨体に刺さるクナイを見つけた彼は、視線をスッとこちらに向けてバウディが投げたのだと気付くと、口元を緩めて頷《うなず》いた。

ガーデスト伯爵の死を前に、二人の貴族は真《ま》っ青《さお》な顔に諦《あきら》めきった表情で、抵抗らしい抵抗もなく騎士たちに拘束された。

貴族三人が倒されると、あれよあれよという間に敵の騎士たちも捕らえられていく。

そして意外にも最後まで捕まらずに残ったのは、ミュール様だ。いまだに子供のように、騎士の手を避けて逃げ回っている。

……凄いわね。

すばしっこい彼女は公園を大きく逃げ回りながら、私のほうを向いて大きく手を振り回した。

「ちょっとーっ！　アーリエラったらーっ！　ちゃんと仕事してよねーっ！」

とうとう、アーリエラ様を呼び捨てにするようになったのね。

「忌《い》ま忌《い》ましい……中和の者め……」

周囲は騒々しいのに、妙にはっきりとした低い声がすぐ近くで聞こえて、ゾワッと寒気がした。

あれっ？　いつの間にこんな近くに!?

「愚かな人間共よ――」

アーリエラ様がいっそう低く呪うような声音で言葉を紡いで細い手を振ると、ビルクス殿下たちがリグレスト殿下のほうへ向かってゆっくりと歩いていく。

バウディも、苦しげな表情でじりじりと離れていく。

他の騎士たちは動いているので、近くにいる彼らだけ動きがおかしくなっているようだ。

ああこれは、そういうことか。

「まだ精神魔法が使えるのね」

ビルクス殿下に魔力を増幅させる魔道具を取られたのに、さっきよりも強い精神魔法を使えている気がする。

アーリエラ様からぞわぞわと嫌な感覚が伝わってきて鳥肌が立つが、だからこそ、ここで逃げるわけにはいかないと悟った。

「一人だけ、抜け駆けをして、幸せになるなんて。そんなのおかしいでしょう？」

一転して、鈴を転がすような楽しげな響きでアーリエラ様が私に問いかけてきた。

「幸せになる機会があったのに、それを棒に振ったのは、アーリエラ様自身ではないですか」

痩《や》せた彼女のぎょろりとした目が私を見つめ、覗《のぞ》き込むようにグッと顔を近づけてくる。

「いいえ、あなたが悪い。あなたは、わたくしが幸せになるために、粉骨砕身《ふんこつさいしん》で尽くさなくてはいけなかった。わたくしが罰せられるならば、あなたが身代わりにならねばならなかった。あの忌ま忌ましい、中和の者からわたくしを守り、わたくしと殿下の幸福を守らなければならなかった。だって、あなたはたかが伯爵家の娘、あなたはただの中ボス、あなたはわたくしとは違う、下の、下の、下の生き物。わたくしこそが、ラスボスで、大いなる力と、幸福を手に入れなければならない。わたくしこそが、正しく幸福にならねばならない、存在なのですから」

うわんうわんと響くような彼女の声が、頭の中に反響して気持ちが悪くて、持っていたバスケットを取り落として頭を抱える。

「く……っ、精神、魔法……ね」

彼女から離れようとしたところで、かろうじて杖をついて体を支えていた手を、強い力で掴まれて、杖を取り落としてしまう。

「わたくしこそが、正義。わたくしだけが、幸せになるべき存在。ねぇ、そうでしょう？　そう思うでしょう？　だって、それこそがこの世界が存在する理由ですもの。なのに……」

私の手首を掴む力が不意に途切れ、彼女の頭が前後に揺れはじめる。

私を睨んでいた目が離れて、頭の中に響くような声がなくなった。

「あなたが、勝手なことをするから。あなたの　あなたの、せいで　こんなことになったのよ　どうして、わたくしを助けてくださらないの？　協力しましょうって言ったのに　わたくしは　なにも　悪いことをしていないのに　ビルクス様に　捨てられてしまったなのに　あなたは、彼と結ばれるの？　そんな　そんなの　、おかしいでしょう？　だって、あなたは　わたくしと同じ　悪役なのに　あなただけ　あなただけ、どうしてしあわせになるの」

前後に揺れながら、途切れ途切れの喘《あえ》ぐような声で私を詰《なじ》る彼女の自分勝手な言い分に怒りが湧《わ》いてくる。

いまや、縋《すが》るように私の手を掴むだけになった細い手が細かく震えている。

「私が幸せに見えるなら、それは私が幸せになろうと行動したからだわ」

きっぱりと言い切った私に、だけど彼女は、私の声など聞こえていないようにブツブツと呟き続ける。

「わたくしとて　行動をした　　しあわせになりたかった　　あの人と　あのひと　と　永遠《とわ》に――」

彼女の声がブレて、低い男の声と二重に聞こえた。

私の手首を握っていた彼女の手が力を取り戻す。

強い力で握られたから、身体強化を上げて握り潰《つぶ》されないようにして、こちらも逃がさないように彼女の手首を掴み返した。ミシッと彼女の骨が鳴った気がするが、中途半端な手加減は命取りになるので力は緩めない。

前後に揺れているアーリエラ様に、問いかける。

「あなた、碧霊《へきれい》族の人ね。もしかして、アーリエラ様を乗っ取ったのかしら？」

私の言葉に反応して、彼女は一度ギロリと視線を私に向けたが、すぐに興味なさげにふいっと視線を公園に向けた。ああもうっ、なんなのよっ！　全然会話ができないわね。

「レイ……ッ」

私を呼ぶバウディの絞り出すような声で、アーリエラ様に集中していた意識が逸《そ》れて、ハッと彼のほうを見ると、苦しそうな表情の彼が顔だけなんとかこっちに向けている。そして、周囲が一層異様な様子になっているのに気がついた。

公園にいるすべての人の動きが止まっている、だけど意思はあるのだろう、抵抗するような呻き声が聞こえる。

その中で私とアーリエラ様だけが、普通に動けている状態だ。

いや違うわ……まずいわね。私も、どうやら彼女の魔法に掛かってきているみたい。段々と体の動きが悪くなっている。

「アーリエラさぁん！　ありがとぉ！　お陰で助かったぁ！」

止まっている騎士のあいだを縫うように走って、ミュール様が満面の笑顔で到着した。

そういえば、彼女もいたわね。

「凄いねぇ、本気のアーリエラさんだったら、ここまでできちゃうんだ。さすが、わたしの親友っ！」

汗を拭って肩で息をしながらも、まだまだ元気そうだ。いままで走り回っていたのかしら？　だとしたら、案外タフなのかもしれない。

「ミュール様、あなた、これがおかしいって思わないの？」

「げげっ！　レイミ、なんであんた、動けるのっ」

盛大に顔を引き攣《つ》らせた彼女に、私も思わず顔を顰めてしまう。

「中和　能力　まだ、生きて　殺し　尽くしたと　我が　最愛を奪った　忌まわしい　ひと族　ひと　など　根絶やしに」

私の手が振り払われ、アーリエラ様がミュール様のほうに歩きだす。

まずいわね、これでミュール様が殺されてしまえば、アーリエラ様を乗っ取った碧霊族に対抗する術《すべ》がなくなってしまうかもしれない。

そうなると、碧霊族の彼は、恨みを晴らすために見境なく人間を根絶やしにするんじゃないかしら？　今まさに、人族を根絶やしにするって宣言していたわけだし。

「ええと……アーリエラさん？　ちょっと、どうしちゃったの？　アーリエラさんの念願だった、レイミに一泡吹かせることができたんだし。もうさっさと終わって湖で遊ぼうよ！」

アーリエラ様の怨嗟《えんさ》の声を聞いたにも関わらず、ヘラヘラと笑っているミュール様にイラッとする。

「ほ、ほら、あの偉そうな人……え？　あの偉そうな人、死んでるじゃん！　えーっ！　どうして!?　だって、バウディ様を王様にしてくれる人だったのに、っていうか、死んでるぅ～っ！　嫌ぁっ！　怖いぃぃぃっ！　どうしよう！　どうしよう！　アーリエラさぁぁぁん」

オロオロして右往左往する彼女にイライラする。

どうしようじゃないわよっ！　さっさと、逃げなさいよ！　こっちはアーリエラ様の魔法のせいで、ろくに動けないっていうのにっ。

「くぅっ！」

力を振り絞って、アーリエラ様に体当たりをする。

目測通り！　なんとか全身を使ってアーリエラ様を押し倒すことに成功！　体が動かなくなる前に彼女の背後を取り、両足で胴を抱え込み腕で首をキメる。

スリーパーホールドがきっちり決まったわ！　義足、外れないでよ！

「ちょ、ちょっとなにやってるのよ、馬鹿レイミッ！　アーリエラから、離れな――」

「くっ！　ぐ……ぅっ」

私の腕の中で藻掻《もが》くアーリエラ様の髪が、みるみるうちにまだらに白くなっていく。

それを見たミュール様の顔が引き攣る。

「ひぃっ！　ア、ア、アーリエラさんっ！　駄目じゃんっ！　悪魔と融合だけは、絶対に駄目だって言ったじゃん！」

ミュール様が慌《あわ》てて近づいてきて、私が技をキメているアーリエラ様に詰め寄る。

「ちょっと、ちょっと！　マジで、正気に戻んなってばっ！　ああもうっ！　あんたもさっさとアーリエラさんを放してよっ！」

アーリエラ様を羽交い締めにしている私の腕を掴んで引き剥《は》がそうとするミュール様の馬鹿さ加減に、さすがの私も堪忍袋《かんにんぶくろ》の緒《お》が切れた。

「私がこの拘束を解いたら、アンタが真っ先に狙われることに、いい加減気付きなさいよっ！　馬鹿ミュールッ！」

思わず怒鳴ってしまったけれど、仕方ないわよね！

きょとんとして私を見たミュール様は、くしゃっと泣きそうに顔を歪《ゆが》める。

「ば、馬鹿って言わないでよぉっ」

「アンタが、先に私を馬鹿呼ばわりしたんでしょうっ！　薄々気付いてたけど、アンタもの凄く打たれ弱いわよねっ！」

「しょ、しょうがないじゃないっ！　ずっと、ずっと病気でっ、入院しててっ、ゲームだけが楽しみで……っ！　元気なあんたには、わかんないわよっ！　わたしだって本当は、足がなくなったレイミが可哀想だからっ、絶対に仲良くしてあげようって思ってたのに！　慰めて、お友達になってあげようって、そう思ってたのにっ。レイミ、全然元気なんだもんっ、普通に立って歩いてるなんて、詐欺《さぎ》じゃないっ！」

　思い切り言いがかりだし、凄い上から目線じゃないの。

「詐欺なんかじゃないって、アンタもわかってるんでしょ？　私は、私らしく生きているだけ。アンタだって、折角《せっかく》その元気な体になったんだから、自由に生きればいいじゃない」

　呆《あき》れて言った私の言葉に、彼女はボロボロと涙を流す。

「わ、わ、わたしだってて っ、自由に生きたいわよっ！　だけど……っ」

　言葉を詰まらせた彼女に、私の腕の中にいるアーリエラ様が狂ったような笑い声を上げる。

「自由っ！　彼女を殺した　お前が　自由！　あは　あははは」

　心底おかしそうに笑うアーリエラ様の金の巻き毛のほとんどが白くなっていくのを見て、ミュール様の顔が歪む。

　それに従って能力も強くなっているのか、アーリエラ様を拘束している私の体の動きにも影響が強くなってきた。

「アーリエラさんっ！　お願い、正気に戻ろうよっ！　このままじゃ、アーリエラさん、悪魔に乗っ取られて、死んじゃうっ」

　叫んだミュール様の目からあふれていた涙が一気に増える。

もう、彼女には聞こえていないと思うわよ。そう言いたいけれど、口を動かすのもキツくて、気力だけで両手足を使って彼女を拘束するので精一杯。

「ミュール、さ……ま。中和、魔法……っ！」

なんとか放《ひ》り出した私の声に、ハッとした彼女は慌てて虚空に目を向ける。眼球がせわしなく上下左右に動いているのが、ちょっと怖い。

そういえば、彼女はステータスっていう画面が見えるんだったわね。

もしかして、他にもなにか彼女にだけ与えられた特権があるのかしら？　自由に生きたいけれど、そうできないなにかが。

「あった！　あったわ！　でも、成功確率激ヤバいの！　わたし、もう不運値が半分切ってるから、更《さら》に確率がだだ下がりなのっ！　こんなの成功するわけないわよぉぉぉっ」

泣き言を言う彼女を、うしろから蹴《け》り飛ばしたい。

成功確率ってなによ、不運値っていうのも意味がわからない。やりもしないうちから投げ出せば、そりゃあ成功するわけがないわ。

「いいからっ、やんなさいよ……っ！　成功するまで、やれば、成功率、百パーよっ！」

「なにそれぇぇぇっ、意味わかんないってばぁぁぁ！」

泣きながら、私の声に押されるように、私が拘束しているアーリエラ様の胸に右手を当てる。

そして、彼女独特の魔法の使い方――画面で選んでタップするだけ――で、何度も何度も魔法を行使する。

彼女の必死さに、魔法を行使しようとしているのはわかる。余裕があれば、目に魔力を込めて彼女の魔力の動きを見たいところだけれど、今はアーリエラ様を逃がさないことが第一だから諦める。

「魔力の減りが、エグい、疲れ方が、エグいヤバい」

顔を赤くして汗を掻いてそう言いながらも、手を休めずに魔法を使っている。

「うっ、ぐ　ぅぅぅ」

腕の中で暴れるアーリエラ様が逃げないように、拘束する手足に力を込める。

「もうっ！　もう、お願いっ、成功してよぉっ」

私の腕の中で抗《あらが》っているアーリエラ様の胸に、ミュール様が涙に濡《ぬ》れた顔を押しつけ、振り絞るような声を出した。

「やっと……やっとできた親友なのにぃぃぃ！　本当はレイミとか、ゲームとかどうでもよかったの！　アーリエラさんと一緒にいられるのが、楽しかったの！　だからもう無理するのはやめようよ！　お願い、こんなところで死なないでっ！　わたしの命、半分あげるからっ！　お願い、戻ってきてよぉぉ！」

ミュール様の強い思いと共に行使された魔法は、最後の最後でその効果を発揮した。

目に魔力を込めなくても見えた。アーリエラ様の体を包んだ淡い光が、一度彼女の肉体に吸い込まれ、それからズルリと青黒い靄《もや》のようなものを包んであふれ出てきたのを。

その青黒い靄が碧霊族の魂なのだとわかる。

ミュール様の魔法の光は、その靄をジワジワと浸食し、やがてすべて消し去ると、最後に光自体も消滅した。

同時に私の体の自由も戻ったので、危うく身体強化した体で、気絶しているアーリエラ様を抱き潰すところだった。文字通り、物理的に潰す方向で。

アーリエラ様を芝生の上に転がし、私もその横で大の字になる。ずっと体に力を込めていたから疲れが尋常じゃなくて、汗が滝のように流れて息が切れる。

魚の魔獣との格闘並みにキツかったわ。

「アーリエラさんっ！　アーリエラさんっ！」

ミュール様がアーリエラ様に取りすがり、必死に声を掛けている。

「さっきのを見れば、魔法が成功したのがわかるでしょ。別に、無理に起こす必要なんてないじゃない」

ってぼそっと言ったら、キツく睨まれた。

「あの魔法は最終奥義《おうぎ》で、悪魔を取り除く魔法だけどね！　根深く入り込んでたら、その人の魂まで一緒に引きずり出して、消しちゃうやつなのよっ！」

彼女に教えられた、衝撃的な魔法の内容に引く。

「それは、エグいわね」

思わず出た私の言葉に、彼女がキッと睨み付けてくる。

「エグくてヤバいのっ！　だけど、それしかなかったんだから、どうしようもないでしょっ」

「そりゃ、そうだわ」

ぷんすか怒るミュール様から目を離して、抜けるような青空を見上げる。

「あーあ、今日は折角のピクニック日和だったのに――」

疲れてしまったから少しだけ休もう。もし寝入ってもバウディが回収してくれるだろうと考えて、目を閉じる。

「あれっ？　あれっ？　ステータス画面が出てこないんだけどっ。え、マジで？」

ミュール様の慌てる声が聞こえた。

そういえば、画面が出てこなきゃ魔法を使えないんだものね……そりゃ慌てるわ。

アーリエラ様を救うのに命を半分あげたから、その部分がなくなったんじゃないかな、なんて考えるのは夢見がちすぎるのかな。

「え、ちょ、ちょっと、レイミ？　ま、まさか、あんたにも魔法が効いちゃったの？　えーっ！　マジでーっ⁉」

でも、彼女の思いがアーリエラ様を助けたとしたら、なんだかいいわよね。

ミュール様がなんだか慌てているけれど、周囲の人たちが動きだしたみたいだし、もう大丈夫かな――

＊・＊・＊・・＊・・＊

私が目を覚ましたのは、それから三日後だった。

ベッドに寝ていた私の手が、憔悴《しょうすい》したバウディに握られていて驚いた。それにしても……バウディも髭《ひげ》が生えるのね、無精髭が似合わないわ。

「おはよう、ディ」

「レイ……っ！」

ちゃんと朝の挨拶《あいさつ》をしたのに、彼は抱きしめてくるばかりだった。

彼の背中に回した両手で、ポンポンと宥めるように背を叩《たた》いていると、ようやく落ち着いてきたのか、彼は体を少しだけ離すとじっと目を見つめてきた。

「どうしたの？　私の目、なにかおかしい？」

「――あなたの魂も変質してしまったかもしれないと、あの女が言っていたんだ」

魂云々《うんぬん》といえば、ミュール様がそんなようなことを言っていたっけ。

「私の魂を心配してるってことは、アーリエラ様になにかあったのね？」

私の無事を確認して落ち着いた彼は、ベッドの端に腰掛けて、あれからなにがあったのかを教えてくれた。

アーリエラ様の髪はすべて真っ白に変わり、同時に、憑《つ》きものが落ちたように穏やかになって、すべての罪を認めて罪を償うことを約束した。

隣国の貴族を扇動した彼女の罪は、本来であれば極刑にも等しいものだったが、バウディの兄であるリグレスト殿下がことを荒立てたくないとのことで、内々に処理することになった。

結果、彼女は王都から離れた修道院に入ることが決まっている。

記憶も所々失い、言葉が片言になり、貴族としての作法も曖昧《あいまい》になり、精神魔法を失った
――その代わりに碧霊族の記憶を得た彼女は、書き換えられた歴史を正しく伝えることを自らの務めとし、碧霊族の鎮魂《ちんこん》のために祈るのだという。

そして、ミュール様は魔法を使う術と魔力の大半をなくしてしまったので、貴族籍が剥奪《はくだつ》されて平民に戻された。

アーリエラ様のパシリとして、バウディの行方を捜したり、隣国の貴族にその所在を伝えたりしたが、こちらもリグレスト殿下の意思を尊重して、大事にはしないで終わることになった。

魔法学校での問題行動は、そもそも生徒ではなくなってしまったので追及はできないということだった。できたとしても、除籍処分なので結果は変わらないしね。

「すまない、お互いの国の関係を変えずにいるためには、なかったことにするのが最善だったんだ。本来ならば、厳罰に処されて然《しか》るべきなのに」

申し訳なさそうに言うバウディに、緩く首を横に振る。

「丸く収まったなら、それでいいじゃない」

私の心情を心配してくれる彼に、笑顔を向けた。

この世界では温《ぬる》い考え方だっていうのはわかっているけれど、私にはまだあちらの世界の常識っていうのが多少なりとも残っていて、彼女たちが極刑に処されるのは怖い。

それに、アーリエラ様とミュール様って、なんだか被害者である気がしてならないのよ。

アーリエラ様は碧霊族の魂に魅入《みい》られ、ミュール様は私たちには見えないステータス画面というやつに振り回されていた。

魔法が使えなくなったというミュール様は、きっとゲームの呪縛《じゅばく》が解けたんだと思う。

アーリエラ様も、実家が没落したうえ記憶や魔法も失ってしまったのだから、これ以上追い打ちを掛けるのも可哀想だろう。

「あなたは……。本当に懐《ふところ》が深い」

苦く言う彼は、この処置を認めていない感じだ。

「そんなことないわよ。頭のいい人たちが考えた最善の判断がこれなら、それでいいのよ。そうでしょ？」

そう言って笑った私を、彼は静かに抱きしめた。

睡眠不足のバウディのために、もう一日だけカレンド先輩のご実家に泊まってから帰路につくことにしたのだけれど、ありがたいことに王都に戻るカレンド先輩の馬車に同乗させてもらえることになった。

馬車を乗り継がなくていいのは楽だし、辺境伯家の馬車の乗り心地は素晴らしかった。それに、マーガレット様も一緒だったので、和気藹々《わきあいあい》としていて楽しかった。

＊・＊・＊・・＊・・＊

「お帰りレイミ！　バウディも、よく無事で戻ったね！」

帰宅と同時に、父の熱い抱擁《ほうよう》に出迎えられた。

「ただいま戻りました。お父様！　私、とてもいい経験をしてまいりましたわ！」

父のハグで、無事に帰ってきたことを実感して、ちょっと泣きそうになった。

アーリエラ様や隣国の使者との一戦については話題にできないけれど、途中で友人に会ったことや、大きな魚を釣り上げたこと、魔法で災害復旧を手伝ったことを伝えた。

「まぁ、畑の排水に、道路の整備。それは、なかなかできない経験だわ。よかったわね」

母が細い目を細めて喜んでくれる。

「そうだね。王宮の建設部門にでも勤めなければ、携《たずさ》わることのない仕事だからねぇ。ああそうだ、レイミがいないあいだに、お父さん昇進することになっちゃってねぇ……」

吉報なのに歯切れの悪い父に代わり、母が説明してくれる。

「レイミが旅に出る前くらいに、大規模な粛《しゅく》せ……おほほ、人事異動があって役職が歯抜けになってしまったでしょう？　そこを埋めるために、お父様の役職が繰り上がったのよ。なのにお父様ったら、自分には不相応だなんて、怖《お》じ気《け》づいていらっしゃるのよ」

母の言葉に、父がしょんぼりと頷く。

「だって、そうだろう？　万年平職員だった私が、急に部下を持つようになるなんて……うまくいきっこないんだよ」

左右の人差し指の先をくっつけてグリグリと回している父に、励ますように明るい声を掛ける。

「あら、もしうまくできなくても、そういう人事をした人が悪いのですし、あまり気にせずに全力で働けばいいのではないですか？」

気楽な調子でアドバイスした私に、父はきょとんとしてから小さく笑った。

「……人事をした人が悪いのか。ふふっ、そうか……そういう考えもあるね、うん。とにかく全力で働けばいいのか。そうだね、お父さん頑張ってみるよ」

私の言葉に納得したのか、明るい表情になった父にホッとする。

そんな風に、両親と無事の帰宅を喜んだり、家を空けているあいだに父の役職が上がったことに驚いたりして数日――

いつもの従者の服で出かけていたバウディが、立派な貴族の正装を着て帰ってきた。

丁度《ちょうど》、庭でお茶をしていたのだけれど、あまりに堂《どう》に入《い》ったバウディの凜々《りり》しい姿に、思わずお茶を吹き出すところだった。

あれ？　朝は、もっと普通の格好じゃなかったっけ？　こっそり服を仕立ててあったのかしら？　髪もしっかりと撫《な》で付けて凄く似合っているわ、かっこよさが三割増しになって輝いて見えるもの。

空いている席に座った彼に、ドギマギしている私の手が取られる。

「実は、この度、正式に王位継承権を返上し、臣籍に降《くだ》り、大使としてこちらの国に赴任することになりました」

臣籍に降り……って、バウディが貴族になったってこと？

「ちょっとよくわかんないのだけれど。ディが爵位をもらってしまったら、折角平民になった私の立場はどうなるの？　私、あなたと結婚する気満々だったのだけれど？」

思わず問い詰めてしまったけれど、当然よね？　だって、それもあって、学校を除籍されるべく頑張ったんだもの！

ムッとする私に、彼は眉を上げる。

「薄々気付いてると思うが、レイは平民ではないよ。さぁ、明後日《あさって》から後期の授業がはじまるが、準備はできてるか？」

「え、本当にちょっと待って。私、また学校に通えるの？」

戸惑う私に、彼は当然だと頷く。

「前期の学校が終わる日の、あの事件にこちらの瑕疵《かし》はないし、学校側からも除籍の通知など届いてないだろう」

「そういえば……そうね。学校から、まったく音沙汰《さた》がないから確認しようと思っていたんだけど。ということは、本当に、また学校に通えるのね」

そういうことなら、通わない手はないわね。学びたいことはまだまだあるんだから！

気分が浮上した私の前に、正装姿の彼が跪いて右手を差し出した。

「レイミ嬢、あなたが卒業したら、私と結婚していただけますか？」

ああもう！　かっこよすぎないかしら、このイケメン。

太陽が輝く大好きなお庭で、誰よりも好きなイケメンが私の前に跪いて結婚を請《こ》うなんて、どんな贅沢《ぜいたく》な夢かしら。いや違うわ、これは現実だわ……っ！

突然のプロポーズに感動しながら、緊張する手を彼の手の上に添えるように乗せる。

「喜んで」

なんとか声に出せた了承の言葉に、彼は破顔して私の手の甲に口づけを落とした。

終章　幸せへの序章

アーリエラ・ブレヒスト公爵令嬢とミュール・ハーティ男爵令嬢の退学、そしてシーランド・サーシェル侯爵子息の休学というのは、滅多《めった》に退学者を出さない魔法学校ではかなりセンセーショナルな話題だったけれど、それも後期の授業がはじまってひと月もすればすっかり収まっていた。

バウディの言ったように、私は魔法学校を退学することなく通い続けている。

いいや、それだけではなく……気がつけば、ビルクス殿下に気軽に声を掛けられるようになっていて。生徒会準備室で勉強していたはずが、生徒会室へ呼ばれるようになり、なし崩し的に生徒会の仕事をお手伝いするようになっていた。

「折角《せっかく》見つけた優秀な人材だ、磨かなくてどうする」

そもそも入学の段階で目を付けられていたらしい。足のことがあったので、前期は様子を見られていたとのことだ。

「生徒会三役の総意なので、辞退するのは無理ですよ」

ベルイド様までそんなことを言う。

だけど、こうして生徒会の手伝いをするのは私だけではなく、同学年のめぼしい人材は軒並み引き込まれているので、諦《あきら》めるしかないわよね。

「――シーランド・サーシェルは、遅い反抗期がきたのだろうな」

遅い反抗期なんていう、なんともいえない理由で、魔法学校を休学までするものだろうか。

「まぁあれだ、彼も一皮むけて帰ってくるのではないか、現時点でもかなり苦労をしているようだし」

愉快そうに含み笑いするのが怖い。

現時点を知っているってことは、シーランド・サーシェルにわざわざ監視をつけているってことよね？　人材の無駄遣《むだづか》いではないのかしら。

それが顔に出てしまったのだろう、殿下が説明してくれる。

「君がくれたアーリエラ嬢の手記に、彼が騎士団長になるという記述があっただろう。それほどに強くなるのならば、少々金を掛けて彼を成長させるのも悪くはないと思ってね。今は可能性の段階でしかないが、いい投資になると考えているよ」

あの薄いノートを頭から信じているわけではないけれど、そういう未来があることを視野に入れて行動するってことね。

シーランド・サーシェルの監視ではなく、どうやら旅は道連れって感じで同行者として冒険者をつけているようだ。その人物に、彼をこっそり教育させているらしい。

「レイミ様、お昼休みがもう終わりますよ。移動教室に参りませんと」

生徒会室の入り口からひょっこり顔を出したマーガレット様が次の授業の教科書を持ってき

てくれて、私は彼女のお陰でシーランド・サーシェルの話題が終わってホッとした。

「マーガレット嬢も、ここで勉強していけばいいじゃないか」

カレンド先輩が、頑《かたく》なに入ってこようとしない彼女のところまで行って誘うと、彼女はあからさまにげんなりした顔をする。

「なぜ休み時間まで、勉強をしなければならないんですか？　それなら、素振りをしているほうがよっぽど有意義です」

黒縁眼鏡の真ん中をキュッと指先で押し上げて、きっぱりと言い切る。

雰囲気は学級委員長だし勉強ができそうなのに、彼女は根っからの体育会系だ。

「勉強はカレンド様にお任せします、武は私にお任せください」

華麗な所作で礼をして言い切ることかしらね、それは。

でも、彼女の力を知っているから、それでいいのかもしれないと納得もできてしまう。

二人が婚約者同士っていうのは、思った以上にしっくりくるのよね。なにより、お互いを尊重し合っているのがいいわ。

・・*・・*・・*

「レイ、今日はどうだった」

過保護な婚約者が、今日も校門まで迎えにきてくれている。

貴族仕様に仕立てられた服が逞《たくま》しい体を包んで、とてもカッコイイ！　ああもうっ、それに今日は急いでいたのか、書類仕事のときにしか掛けない眼鏡をしてる！　最高にカッコイイ！　かっちりとした雰囲気が、最高すぎるわ。

「ディもお仕事があるんだから、お迎えはいいのよ？　忙しいんでしょ」

すぐ側《そば》まで近づいて、そっと眼鏡に触れると、はじめてその存在に気付いたように眼鏡を外そうとするので、思わずその手を止めてしまった。

「……レイは、眼鏡が好きだな」

「違うわよ、眼鏡を掛けているディが、好きなのよ」

キリッとした表情で告白すると、彼は少しだけ固まり、眼鏡を外そうとしていた手を下ろして、ひとつ咳払《せきばら》いした。

ふふっ、可愛《かわい》いわねぇ。

「本当に、仕事が忙しいなら、お迎えはいいのよ？　ディの負担にはなりたくないんだから」

私がそう言うと、彼は私の鞄《かばん》と杖《つえ》を取り上げて腕を差し出してくる。

「レイと歩くこの時間は、楽しみなんだ。仕事の息抜きにもなるしな」

しれっとした顔で言って、私の手を取って腕に掴《つか》まらせた。

私だって、彼に学校でのことを報告しながら帰るこの時間は楽しみだから、率先してなくしたいわけではないけれど、仕事を中抜けして来てもらうのは気が引けるのよ。

でも、無理を言って、彼が来ないようにするのは違うと思うから。

「息抜きなら仕方ないわね。でも、本当に忙しいときは、来ちゃ駄目よ」

念を押す私に、彼は「はいはい」と返事をして歩き出す。

こうして二人で帰るのは日常で、同じように帰宅する生徒からは温かい目で見られている。

この時間に徒歩で帰る生徒は、私と同じくガッツリ授業を取ってる人が多いし、そもそも徒歩通学者は爵位が高くない人ばかりなので、仲間意識もあるのよね。

彼が私を気遣ってゆっくり歩いてくれるから、私もそれに合わせて歩く。天気のいい日は途中で公園に寄り道をしたりしてね。

健全なデートだけれど、彼は帰宅が遅いし家に帰っても二人きりというのが難しいから、こうしてお散歩デートでも嬉《うれ》しい。

もう我が家の使用人ではなくなった彼だけど、いまも一緒に暮らしている。

バウディが隣国の爵位を得て、大使として大使館のある区画に用意された施設で働くようになったことで、両親も彼の素性を知ったわけなんだけれど……。

母はいつもの調子で全然気にしていないので、父も騒ぐ機会を逸《いっ》してしまったらしく、本当にすんなりと受け入れられてしまった。そしてなぜか、彼の同居も当たり前のようにすんなりと決まっていた。

両親の懐《ふところ》の深さは、本当に尊敬する。

そして、話はコロコロと転がって、卒業後にはバウディと結婚することが決まってしまっているのよね。

バウディの話術もあるけれど、母の押しも強かった。

父はチラチラバウディを見ながら、「まだ早いんじゃないかなぁ」とか「折角あの婚約がなくなったんだから、少しくらいのびのびと」とかごにょごにょ言っていたけれど。

「レイミはどうしたいの？」

という母からの問いに。

「バウディと結婚したいです」

そうきっぱりと答えれば、父は「そっかぁ……」と寂しそうに微笑《ほほえ》んで、「レイミがいいならいいんだ」と賛成してくれた。

というわけで、卒業と同時に正式に結婚することが決まったのよ。

こちらの世界の婚姻は早くて、私の年齢ならばもう結婚は可能だけど、貴族は魔法学校の卒業を目処《めど》にすることがほとんどだ。

万が一、卒業できなかったら大問題なのでね。


公園の木陰を目指して歩きながら、私の今日の報告を聞いていた彼が渋《しぶ》い顔をする。

「あの男が、休学して旅にか。せめて、レイが卒業するまで、帰ってこなければいいんだが」

シーランド・サーシェルが休学して旅に出ていることを伝えれば、彼は少し考えて真顔でそう言うので、私と同じことを考えている彼に思わず笑ってしまった。

「レイ、笑いごとじゃないだろう」

真剣に心配してくれる彼の愛情に嬉しくなる。

「ふふっ、そうね。でも私には、ディがいるもの」

だからなにも怖くないんだと、私の本音を伝えると彼は幸せそうに笑って、私を横抱きに抱き上げていつもの木陰まで歩き出す。

「ちょっと！」

「可愛いことを言う、レイが悪い」

そう言って、眼鏡越しに私を見つめる彼の視線の熱さに、こっちの頬まで熱くなる。

本音を言えば、彼の腕は逞しくて安心して身を任せられるし、こうしてくっついていられるのも好きなのよね。

ただ、屋外で誰に見られているかわからないんだから、道徳的にこういうことはよくないと思うのよ。いくら私の足をダシにしたとしてもね。

「そ、その理屈はどうなの？　もうっ」

照れ隠しに、彼の首に腕を回して首筋に顔を伏せる。

「私の恋人はなんて可愛いんだろうな。もう、いますぐ結婚してしまいたい」

嬉しそうに頬ずりされ、愛《いと》しさを込めてそう言われて、胸がきゅうっと熱くなる。

彼はことあるごとに愛を囁《ささや》いてくれるし、結婚して共にありたいと望んでくれる。好きな人に求められることが、こんなに嬉しいことだなんて知らなかった。

「ディが望んでくれるなら、私はいつでもいいのに」

そう告白して彼の頬にキスをすれば、驚いた彼に落とされそうになって慌《あわ》てて腕に力を込めて彼の首に縋《すが》りつく。

すぐに彼の腕に力が戻《もど》って横抱きが安定したんだけれど、彼はふらついた足で木陰の芝生に尻餅《しりもち》をつき、抱きしめられたままの私は彼の膝《ひざ》の上に座る形になった。

「あっ、あっ、危ないわねっ！」

たいした衝撃ではなかったけど、心臓がバクバクして涙目になってしまう。

「レイが、急にあんなことするからだろうっ」

彼も驚いたのか言葉が崩れて、そしてギュッと私を抱きしめてくるから息苦しい。

――って、ちょっと長くない？

「ディ？　バウディ？」

心配になって体を離そうとしたのに、彼の腕に阻《はば》まれてできなかった。

戸惑う私を抱きしめて彼が囁く。

「あなたを愛している。永遠に――永遠にあなたと共にありたいんだ……」

絞り出すように言われた言葉に、このときになってようやく、私が彼に大事なことを伝えていないことに気付いた。

だって、求婚までしてくれたから、てっきりもうわかっているとばかり……って言い訳するのはずるいわよね。

伝えるのを失念していたのは、私なんだから。

どう言おうか悩んで、やっと出てきた言葉は拙《つたな》かった。

「ディ、多分、私、もうずっとこのままなの」

それを実証するものはなにもないけれど、そうなのだと、もう確信している。

「もう、あちらでの自分の名前を思い出せないの。あちらの記憶も、少しずつなくなっていってる……。だから、多分、私はずっとレイミのままよ」

レイミが戻ることはなくて、私が消えることもない。

そんな直接的な言葉を使えずに、曖昧《あいまい》に伝えた私の言葉を、彼は理解してくれた。

「そうか……そう、かっ」

私を抱きしめて額《ひたい》を押しつけてくる彼を、そっと抱きしめ返した。

私も彼も「よかった」とは口にできない。レイミの、永遠の不在を認めるのは辛《つら》いから。

私たちにとって、彼女はかけがえのない存在だから。

だから私は、彼を抱きしめていた腕を緩《ゆる》めて、彼の顔を見て微笑んだ。

「私もあなたを愛しているわ、二人で幸せになりましょう」

「――ああ。ああ、幸せになろう」

しっかりと頷《うなず》いた彼は、私の唇に誓いの口づけを静かに落とす。

一度離れ、もう一度口づけを仕掛けてきた彼を、指先で止める。

「どこで誰が見てるかわからないんだか――」

視線を巡らせたところで、カレンド先輩と一頭の馬に相乗りしているマーガレット様とばっちり視線が合った。

じょ、乗馬デートかしら？

グッと親指を立てた彼女に、がっくりと肩が落ち、熱くなる顔を隠すようにバウディの肩に顔を伏せた。

ああもうっ！　せめてカレンド先輩には見られていなければと思ったけれど、頑なにこっちに視線を向けないのは、きっとそういうことなんじゃない！

「どう……ああ、なるほど」

「恥ずかしいっ、もうっ！　外でキスするの、禁――っ」

顔を上げて文句を言った口を、彼にちゅっとキスで塞《ふさ》がれる。

「では、家で？　だがあなたの部屋でしてしまえば、それ以上手を出さない自信がないんだが？」

しれっと言った彼に、絶句してしまう。

「な……っ！　なに、言って」

「嘘《うそ》だと思うなら、家に帰って試してみようか？」

私を横抱きにしたまま立ち上がった彼の、力強さと大人の色気たっぷりの笑みに、胸をときめかせている場合じゃないわ！

「ま、待って、わ、わかったわよっ、試さなくていいからっ」

歩き出した彼に制止の声を上げた私に彼が笑い声を上げたことで、彼の冗談だったことに気付いた。

彼が私の頬にチュッとキスを落とし、そっと地面に立たせてくれる。

「もうっ！　冗談なら冗談らしく言ってよね」

彼を見上げて怒る私の手を取って指にキスを落とすと、眼鏡を外して胸ポケットに挿《さ》し、ニヤリとレイミの好きなワイルドな表情で笑う。

「これっぽっちも、冗談なんかじゃねぇよ。こんないい女と一緒にいて、手を出さねぇ俺の忍耐力に感謝していいんだぜ」

久し振りに粗野な雰囲気でウィンクする彼に、思わず笑ってしまった。

「そうね、感謝しているわ」

彼の長い指に指を絡《から》め、彼の目をしっかりと見つめ返す。

「ありがとう、大好き、バウディ。きっと、あなたを幸せにしてみせるわ」

あなたがいてくれたから、私はこの世界で頑張ることができるの。

あなたがいてくれるから、私は薄れていく記憶に怯《おび》えずにいられるの。

「俺の婚約者が、男前で惚《ほ》れ直しちまう。愛してる、レイミ」

私も――と答えようとした声は、彼の唇に奪われた。

Mid Deco lady wants to enjoy second life 2nd Extra

番外編一　日本食無双

義足の整備に定期的に通っているボンドの工房からの帰り道は、バウディとのデートだ。

お気に入りのブラウスにスカートを合わせた私が、貴族の青年らしいキリッとした服装の彼と歩いていると、ウィンドウショッピングをしているミュール様に出会ってしまった。

先に私を見つけたのは彼女のほうで、私はバウディが警戒するまで気付かなかった。

「レイミさんっ！　あのっ、申し訳ありませんでしたっ！」

私を守るように立つバウディ越しに、威勢のいい謝罪の声が聞こえる。

「レイミ『さん』？」

バウディの低い声が、地を這《は》うように発せられた。

バウディのうしろから顔を出すと、シンプルながらも膨《ふく》らんだ肩口が可愛《かわい》らしいワンピースを着た彼女は、バウディの怒気に涙目になりつつ、もう一度謝罪の声を上げる。

「ひぇ……っ、ち、違っ、レイミ『様』、あ、あの、こ、このたびは、ご、ご迷惑をお掛けし、本当にごめんなさい。バウディ様に、お、おかれましても、も、申し訳なく……っ」

支離滅裂《しりめつれつ》な文言だけど、この怒気を発するバウディを前に声を出せるなんて、やっぱりある意味根性があるわ。

この分なら変なこともされないだろうと、怒れるバウディのうしろから出て彼女と対面した私に、涙目でホッとした顔の彼女はもう一度深々と頭を下げてきた。

「レイミ様っ、いままで色々迷惑をお掛けしまして、ホントーに申し訳ありませんでしたっ。今後は心を入れ替え――あいたっ」

口上を続けようとする彼女の後頭部に軽く手刀を入れて、ストップさせる。

「あー、そういうのはいいわ。謝罪は確かに、受け取りましたから」

さっさと離れようとした私に、彼女は潤《うる》んだ目を向けてきた。

「許してくれるんですねっ。お姉様……っ！」

両手を胸の前で組んで、キラキラした目で見上げてくる彼女に、ちょっと引く。

「誰がお姉様ですか、誰が。それよりも、用が済んだのならもういいかしら」

「えっ！　ま、待って――」

彼女を避けて進もうとした私の手を彼女が掴《つか》もうとして、寸前でバウディにその手首を掴まれて捻《ひね》り上げられた。

バウディが私に危害が加わるのを、黙って見てるわけがないわよね。

「いたたたたっ！」

「私のレイミに触れないでいただこう」

本気で腕を捻り上げる彼に、彼女は本気で泣きそうになってた。

「ごめんなさぁぁいたたたたっ」

周囲の人たちが何事かと注目してきたので、彼を止める。

「バウディ、もうやめてあげて」

溜《た》め息混じりにお願いしたら、彼も渋々《しぶしぶ》ミュール様の手を離してくれた。

「ひぃん……骨が折れるかと思ったぁ……」

肘《ひじ》を摩《さす》りながら半泣きの彼女だったが、ハタと何かに気付いて顔を上げ、私をキラキラした目で見た。

「そういえばさっきバウディ様、『私の』って言ってましたよねっ！　きゃぁ！　それって、バウディ様ルート攻略後のスチルにあった、ヒロインへの独占欲丸出しのぉぉあいたたた！」

「あなたって、本当に懲《こ》りない人ね……」

この期《ご》に及んでまだゲームの話をするなんて。

確かに、バウディの独占欲は強めだけれど、いうほどでもないわよ。

バウディに逆の腕を捻り上げられて悶絶《もんぜつ》するミュール様に、今度は助け船を出さない。

「やはり、市井《しせい》に戻《もど》すだけでは、足りなかったのではないか。兄には悪いが、ちゃんと罪を明らかにして、相応の罰を――」

「ひえぇぇぇ……っ」

真《ま》っ青《さお》になって震え上がるミュール様に、バウディがわざとらしく冷たい目を向ける。

「ご、ごめんなさぁぁい！　お、お詫《わ》びにウチのご飯を奢《おご》りますからぁぁ！　是非食べていってください！　最高に美味《おい》しいご飯ですからぁぁ」

一度言い出すと聞かないミュール様によって、勤めているという食堂でご飯を奢ってもらうことになった。

到着したのは、最近町で人気だという食堂だった。生憎《あいにく》と貴族が使うお店じゃなくて、平民が気軽に入れる感じのお店で、店にいた人たちは私とバウディが入るとちょっとギョッとしていた。

だよねぇ、私たちは平民って感じの服装ではないもの。

だけどミュール様はそういう空気を読まずに、私たちを店の一角の席に座らせる。

「ねぇ、日本食恋しくならない？　オムライスもハンバーグもロコモコもあるわよ！」

メニュー表を見せながら胸を張るミュール様に、それって日本食？　そうツッコミを入れたらなんだか喜ばれそうだからやめておいて、ゆったりと微笑《ほほえ》んだ。

「別に恋しくはならないわね。こちらの食事も美味しいもの」

我が家の料理人の腕は確かだし、食事で困った経験はない。

否定した私に、彼女は頬を膨らませる。

「折角《せっかく》、日本食無双してるのに、乗ってくれないと張り合いがないじゃないですかぁっ」

「日本食無双？」

「そうです！　こっちにない料理をバンバン発表して、新しい食文化を広めてるんですっ」

バーンと胸を張ったミュール様の言うように、確かに食堂はミュール様が出した目新しいメニューにお客さんがついていて、他のお店よりも流行《はや》っているようだ。

壁に掛かっているメニューを見まわす。

「カレーはないのね」

「ぐっ……！　こ、香辛料って、難しいんだからねっ」

メニューを見て言った私に、彼女は悔しそうな顔をする。

「あなた、カレールーしか使ったことなかったんでしょ？」

ニヤリと笑って突っ込むと、彼女は赤くなった顔をぷいっと逸《そ》らした。

「そうよっ。香辛料からなんて作れるわけないじゃん。文明の利器を使うに決まって――ますわよね、おほほほ。ごめんなさい……」

なめた口を利《き》いてバウディの怒りの波動を受けたミュール様が、途端《とたん》におとなしくなる。

「バウディはなににする？　私は、オムライスにしようかしら」

実はこっちでお米って食べたことがないのよね。ライスってどこから調達したのかしら？　私が知らないだけで、普通に売ってるのかも。

結局バウディも同じものに決めたので、彼女は奥にオーダーを伝えにいく。

「……全然懲りていないようだな」

バウディの呆《あき》れた声に苦笑する。確かに懲りてないかもね、でも彼女は彼女なりにこの世界で頑張ろうとしてるっていうのを感じるの。なによりいまの彼女とは、ちゃんと会話ができている。それこそが彼女の心持ちが変わったことの証《あかし》だと思うのよね。

「いいんじゃない？　まだ若いんだし、つまずくことも経験だけど、立ち直るのも経験でしょう？」

オーダーを伝えにいっただけなのに制服らしきフリフリのエプロンをつけて、まんまと手伝わされている彼女を見ながら、思わず笑みがこぼれてしまう。

「まだ若いって、彼女はあなたと同じ――」

苦笑して言いかけた彼は、咄嗟《とっさ》に口をつぐんだ。以前のことに触れるのはよくないと思ったのね……それにしても、なんで名前は忘れたのに年齢は覚えているのかしらねぇ。

「オムライスお待たせしましたぁー！　超特急で作ってもらっちゃいましたよ。レイミ様の分は、特別サービスでケチャップでお絵かきしますっ！」

いいタイミングでオムライスを三つ持ってきた彼女は、特製容器に入れたケチャップでオムライスに可愛らしいウサギさんを描き上げて、そのウサギさんをこっちに向けてから。

「美味しくなる魔法をかけますねっ。はいっ、萌《も》え萌えミュルーン」

手でハートを作ってウィンクを飛ばしてきたので、スプーンの背でウサギさんをぐりぐりと消してあげた。

「あああっ、ミュールたんの力作ぅぅ」

「美味しそうだわ、いただきます」

ニッコリ笑ってスプーンを突き刺す。

「うう……っ、羞恥心を捨てて頑張ったのにぃ……」

恥ずかしいなら、やらなきゃいいのに。

しょんぼりと肩を落としたミュール様は、私の向かいの席に座って自分もご飯を食べはじめた。まぁ、三つ持ってきてたから、そうだとは思ったけどね。

バウディもなにも言わないいし、私も彼女と少し話したいこともあったからいいでしょう。

すくい上げたオムライスを一口食べたら、ちゃんとしたお米でビックリした。

すっかり忘れていたお米の食感、とりの挽肉《ひきにく》やピーマンのみじん切りの入っているケチャップライスを、ちょっと厚めの薄焼き卵が包んで、最高に好みだった。

無言で何口も食べてしまった私をチラチラと見ていた彼女は嬉《うれ》しそうな顔になり、自分もパクパクとオムライスを口に運ぶ。

黙々と食べる私とミュール様に、バウディもすっかり毒気を抜かれたのか静かに食事をはじめた。

「悔しいけれど、美味しかったわ」

食後のコーヒーまで持ってきてくれた彼女に白状すると、彼女は得意げに笑う。

「えへへへっ、でしょう？　ケチャップとか懐《なつ》かしくない？　こっちのは酸味が強すぎるから、オムライス用にアレンジしてあるの。最近はお好み焼きソースを研究してるんだよ、ソースができたらお好み焼きもメニューに入れてもらう約束なんだから」

嬉しそうにそう言う彼女は、学校にいたときよりも肩の力が抜けているみたいだ。

「そういえばね、前にシーランド先輩にちょっとだけ会ったの」

「……そう」

おずおずと口にした彼女に、私は素っ気ない相づちを返す。バウディの雰囲気は一気に険しいものになった。

「あの男の話を、今更《いまさら》レイミに聞かせるのか」

カップをソーサーに戻した彼が、鋭い視線を彼女に送る。店内だからか殺気は抑えられていて、彼女はビクビクしながら、彼を無視して話を続けた。

「どうしてシーランド先輩とレイミ様が婚約していたのか聞いたの。……その足のことも」

手を握りしめてまで、バウディの怒気を堪《こら》えて言う彼女の真意を測りかねる。

シーランド・サーシェルのことだから、自分に都合のいいように伝えているんだろうけれど、婚約はなくなったし縁も切れたのだからもうどうでもいいわ。

「シーランド先輩が馬の操作を誤ったせいで、レイミ様がそんなことになったんだって。婚約も……サーシェル家が体面を保つために、無理にしたんだって言ってた」

「あら、そう言ったの？」

まさか本当のことを彼女に伝えてるなんて思わなくて、驚いてしまう。

「うん、申し訳ないことをしたって言ってたよ。でも、今更レイミ様に合わせる顔がないから、この国を出るって」

彼女がそう教えてくれた。

「……一体、どういう風の吹き回しかしら……今まで散々こっちを振り回してきたくせに」

握りしめた私の手を、バウディの大きな手がそっと包んでくれる。

ささくれ立ちかけた心が少し収まり、考える余裕が生まれる。

最後の最後でいい人ぶるってどういうこと？

本当に反省した、ってことなのかしら？　いや、反省したところで、許せるはずもないけれどさ。

「あのね、もしかしたら、……なにか、ゲームの強制力、とか、あったのかも……って、思ったの」

背中を丸めて小さな小さな声でそう言った彼女に、問い返す。

「強制力？」

はじめて聞く言葉に、首を傾《かし》げてしまう。

「うん。知らない？　無理矢理、ストーリー通りにしようとする、見えない力のこと」

「そんなものがあるの？　あの通りになるんだとしたら、これから先も色々ヤバいことがあるじゃないっ」

バウディの件だってもしかしたら、もう一度なにかあるかもしれないわけだし！　我が家の没落や、私が左足も失う上に自死する未来まで！

私の剣幕に、彼女が狼狽《うろた》える。

「え、あ、いや、もしかしたらだから。なんか、そういう場合もある、っていうか漫画でそういうのがあっただけだからっ」

身を乗り出して迫っていた私に、彼女は慌《あわ》てて説明した。

「……漫画、のはなし？」

彼女の言葉に、拍子抜けする。

「そうよ、あっちで読んでた漫画に、そういうのもあったってだけだからっ。多分、そう多分もう大丈夫よっ、だって私のステータス画面出なくなったし。アーリエラさんも精神魔法を使えなくなったんだから。だから、きっと大丈夫」

まるで自分に言い聞かせるように鼻息荒く断言する彼女に、浮いていた腰を椅子に下ろす。

「本当に、大丈夫なのね？」

念を押した私に、彼女はすぃ～っと視線を泳がせた。

「確信はないんじゃない」

思わず突っ込みを入れた私に、彼女は慌てる。

「い、いや、でもね。もうあの選択肢も出ないから、大丈夫よっ」

彼女の言葉に、引っかかる。

「選択肢？」

怪訝《けげん》な顔をする私とバウディに、彼女は魔法学校にいたときは、まるでゲームのように選択肢が出てきて、それを選ぶとそのことが本当になるのだと言った。

「それこそ、強制力ってやつじゃないの？」

「ま、まぁ、そうかもしれないけど。もう出ないんだから、いいじゃない」

逃げ腰で言った彼女を、ヒタリと睨《ね》めつける。

「あんた、まだ言ってないことあるわね。いい子だから、洗いざらい吐いちゃいなさい」

「ひぇっ」

低い声でそう促《うなが》すと、彼女は器用に椅子の上で縮こまった。

「い、い、言ってないこと？　あ、そうだ、その選択肢って、通常三択なんだけど、時々バグって全部同じ内容になったりしたの。普通なら、選択肢を選ばないで時間切れっていうのもありなのに、そのバグのときにそれをしちゃうと、不運値っていうのが上がったり、タンスに足の小指をぶつけたりとかしたのよね」

「……それこそまさに、強制力じゃないの」

彼女の言葉に、心底呆れてしまう。

彼女も薄々気付いていていて目を逸らしていたんだろう、ばつが悪そうに視線を下に落とす。

「でも、もう本当にステータス画面が出なくなったから、その選択肢も出ないし。きっと想定外のことが起こりすぎたから、ゲームの内容が壊れたんだと思うんだ」

ぼそぼそと小声で喋《しゃべ》るのは、その内容が確定してるわけじゃないからなんだろう。

「も、もしかしたら――あの場所、魔法学校にいたから、あの選択肢が出たのかもしれないし」

「あなた、辺境伯領でも、その選択肢ってやつ出てたわよね？」

あの時、なにかを言いたいのに口が拒否したように動かなくて、地団駄《じだんだ》を踏んでいた彼女を覚えているもの。

「あっ、そういえばそっか、ってことは、場所は関係ないね」

あっけらかんと言って、へへへっと頭を掻《か》いて笑う。

私もバウディも、彼女のその脳天気な様子に呆れてしまう。

「でも、あのときから、もう選択肢が出なくなったし、きっともう、強制力なんてなくなったんだと思いますっ！」

ビシッと言い切った彼女に、思わず溜《た》め息が出てしまう。

「根拠がないわ。たまたま、いまは選択肢が出ていないだけかもしれないもの」

「でも、もうステータス画面も出ないのよ？　きっと、大丈夫よ」

どうして、それだけの理由で大丈夫だと言えるのだろうか、この子は。

私とバウディの溜め息が同時に出る。

「なっ、なによぉ。わたし、変なこと言ってないですよっ。そんな、残念な子を見るような目で見ないでよ〜」

「残念な子なんだから、仕方ないじゃない」

「ひどいっ」

私の言葉にしょんぼりした彼女に、ちょっと胸がすく。

「こ、これでも、頑張ってるんですよっ。養子が解消されて、家に戻ったら、いつの間にか弟妹が増えてて、わたしが稼がないとやっていけないし」

唇をとがらせて、「そりゃ、両親の仲がいいのは嬉しいけど。十五歳も離れた弟妹ができるなんて思わないじゃない」などと、照れくささそうにブチブチ言っていた。

「普通は養子に入ったときに、少なくない金が家に支払われると思うが」

バウディの言葉に、恨めしそうに視線を上げる。

「ハーティ家は裕福じゃないんです。もらったお金は一年分の生活費くらいですもん。それでも実家《うち》の両親は、私が貴族になって不自由がない暮らしができるなら、って養子になるのを認めてくれたの」

「あら、いいご両親なんじゃない」

「そうなんですよ、いい親なんです。子供大好きで、わたしたちのことを一番に考えてくれる、素敵な人たちなんだから」

きゅっと顔を歪《ゆが》めて、そう言い切った。

表情と言葉がイマイチ一致してないわね。ああ、もしかして。

「あなた、もしかして、養子に出されたとき、自分が身売りされたとでも思ったの？」

私の言葉に、彼女は「どうしてわかった」といった表情で驚いた。

「あなたの顔は、考えをダダ漏《も》れにしてるもの、わからないほうがおかしいわ」

そう指摘すれば、彼女は顔をゴシゴシと擦《こす》って、キリッと表情を整えた。いくら表情をキリッとしたって、無駄じゃないかしらね。

「でもそんなご両親なら、あなたが戻ってきて喜んだでしょう？」

「くっ……！　そうよ、その通りよ、泣いて喜んでくれたわよ。もしかしたら、追い返されるかもと思って帰ったのに、抱きしめてくれて……っ。もらっていたお金も、全然使ってなくて、そのままハーティ家に叩《たた》き返したのよ。ウチ、お金あんまりないのにっ、チビたちが増えて大変だっていうのにさ、馬鹿だよねぇ」

泣き笑いの表情で誇らしそうに言う彼女に、ん？　と気になることを尋《たず》ねた。

「チビたち？」

てっきり一人、弟か妹ができたのかと思ったけれど、複数形？

「三つ子だったのよ。弟二人に妹一人。だから、わたしもあの子たちのお姉ちゃんとして、頑張って稼がなきゃなんないんですっ」

言い切った彼女の表情は晴れ晴れとしていて、いままでで一番いい顔だった。

「だから、あんなことをしたのに、不問にしてくれて、本当にありがとう」

「それを決めたのは、上の人たちよ。私はなにもしていないわ」

きっぱりと否定したのに、彼女は首を横に振る。

「ううん。最終的な決定権は、レイミ様にあったって聞いてるよ。本当にありがとう。あなたのお陰であの子たちの成長を見ることができるんだもん、どれだけ感謝しても足りないです」

随分大袈裟《おおげさ》に喜んでくれるけど、そんなに弟妹っていいものなのかしら。

「……どういたしまして。ってことにしておくわね」

そうとでも言わないと、彼女は納得しないみたいだし。

「それにしても、十五歳差の弟妹なんて、可愛いでしょうね」

話を変えるための言葉に、彼女は激しく頷《うなず》いた。

「可愛いよ！　すっごく！　そりゃ夜泣きは三倍だから、ちょっとキツいときがあったけど。赤ちゃんって本当にいいよ！」

力説する彼女に若干《じゃっかん》引きながら、頷いておく。

「レイミ様は一人っ子ですよね？　ご両親にお願いしてみたら？　弟妹が欲しいって」

あっけらかんと言う彼女に、盛大な溜め息が出てしまう。

「な、なによぉ」

「赤ちゃんはコウノトリが運んでくるわけじゃないのよ、そんなこと言えるわけがないでしょうがっ」

小声で怒る私に、彼女はきょとんと首を傾げる。

も、もしかして、本当にわかってないのかしら。だとしたら、これ以上この話題に触れるのは危険ね！

「そういえば、アーリエラ様の魔法もなくなってしまったって聞いたけれど。本当なのかしら？」

強引な話題転換だったかしら？　でも、気にはなっていたのよね、ミュール様の変な発動方法の魔法がなくなったのは知ってたけれど、アーリエラ様の魔法もなくなるなんて思わなかったから。

「うん、本当ですよ。どうしても気になって、アーリエラさんのお家《うち》に行ったの、そうしたら執事のおじさんが『お嬢様は魔力を失われ、魔法も忘れてしまいました』って」

執事の言葉を額面通りに受け止めていいかはわからないけれど、彼女は信じているみたいね。

眉尻を下げて困ったような顔で続けた。

「王都から一番遠いところにある、修道院に入ったんだって。もう二度と出てこれないって言ってた」

「そう」

それは私も聞いていたので頷いて、コーヒーを口にする。

「わたしもアーリエラさんも、自業自得だったんだよね、きっと……。あ、そうだ！　レイミ様は学校に戻ったのよね？　じゃぁさ、じゃぁさ！　校舎の裏側に森があるでしょ、あそこの入り口に初代校長の銅像があるじゃない？」

しんみりとしていた表情を一転させた彼女が鼻息荒く聞いてきて、その銅像に心当たりがあったので頷いた。

「あるわね、それがどうしたの？」

「レイミ様って物への強化魔法もできるんでしょ？　その銅像の台座の文字に魔力を通してみてよ、面白い物が見れるはずだから」

笑顔で彼女がウィンクした途端、バウディの怒気が彼女へと向かう。

「彼女にろくでもないことを、教えないでいただこうか」

「ひぇっ」

彼女はまた、椅子の上で器用に小さくなった。

「ろ、ろくでもなくないわよぉっ、ご褒美に記念コインが出てくるだけなんですからっ。別にイベントとは関係ないし、いいじゃないですかぁ」

涙目になりながらもバウディに抗議している。種明かしを聞いたバウディは、怒気を引っ込め、彼女はホッとしたように椅子に座り直した。

「そういえば、ミュール様もゲームの内容をご存じなんですよね？」

「勿論《もちろん》知ってるよ、なんならアーリエラさんよりも詳《くわ》しいんだから。アーリエラさんは自分好みのことしか覚えてないけど、ヘビーユーザーのわたしはすべての情報を網羅《もうら》してるもの」

胸を張る彼女に、私はアーリエラ様から聞いていた内容をざっくりと伝えて、真偽を確認してみる。

「ああうん、それで合ってるよ。でも他にも西部からの侵略イベとか、南部の海に大きな鮫《さめ》の魔獣が住み着くのとかもあるんだよ。アーリエラさんは学校メインでやってたんだねぇ、主人公が冒険者登録して学校外をメインに進めたら、もっと色々なイベントできて面白いのに」

彼女の言葉に、私とバウディは思わず顔を見合わせる。

「ミュール様、そのことは誰かに伝えましたか？」

低い声で彼女に尋ねると、ふるふると首を横に振った。

「へ？　別に聞かれてないし、言ってないよ？　ほらぁ、言っちゃったら、イベントがなくなるかもしれないし。そもそもそんなこと口にしたら、変人扱いされちゃうじゃない」

手をパタパタと上下に振るおばちゃんみたいな手のジェスチャーをして笑う彼女に、変人扱いされてしまうという分別はあったのかと驚いた。

いや違う、いま焦点を当てるべきはそこじゃない。

「ミュール様、そうすると、これからこの国に起こることがわかる、ということですね」

真剣な顔で聞いた私に、彼女はきょとんと瞬《まばた》きをして「そういうことになるかも？」と首を傾げた。

私も結構そうだけれど、この危機感のなさがヤバいのよね、きっと。

＊・＊・＊・・＊・・＊

翌日、登校した私は、しれっとビルクス殿下にミュール様の記憶について伝えた。

彼女は早々に王宮に召喚されてゲームの内容を聞き出されることになるようだけど、詳しいことは知らない。

そちらはビルクス殿下の采配《さいはい》なので、ノータッチだ。

そして更にその翌日、生徒会三役の面々が所用で休みになったので、彼らの手伝いをしていた私も授業の終わりと共に帰宅することになった。

いつもより一時間以上早いので、当然だけどバウディはまだ来ていない。

学校で時間を潰《つぶ》すこともできるけれど、折角なので逆に私がバウディを迎えに行くことにしよう。

バウディの勤務している大使館は、割と魔法学校に近い場所にある。

一軒家を大使館として借り上げていて、バウディの他にも数名の職員がいる。

何度か来たことはあるけれど、仕事中に中に入るのは迷惑よね。

いつもバウディがしているように、私も外で待つことにした――んだけど、すぐに玄関のドアが開いて焦《あせ》った表情のバウディがジャケットを片手に飛び出してきた。

いつもは外している眼鏡を掛けたままで、どれだけ彼が焦っていたのか分かる。

「レイ！　すまない！　仕事に集中して、時間を間違えたようだ」

凜々《りり》しい顔が焦っているのが申し訳なくて、説明する。

「ディ、違うの。今日は珍しく早く終わったから、私が迎えに来ただけなの」

「なんだ――そうなのか。よかった」

大きく息を吐き出したバウディの大きな胸に抱き込まれる。

「ごめんなさい。学校で待ってたほうがよかったわね」

慌てて出てきてくれたのが申し訳ない。仕事を中断させてしまうくらいなら、おとなしく学校で待っていればよかったと反省する。

「いや、来てくれて嬉しい。だけど、折角早く来たなら、中に入ってくれ。外で待って、なにかあったらと思うと心配だから」

そう言って彼が目元にキスをする。

彼はなかなかのキス魔だ。屋外での唇へのキスは禁止しているけれど、唇以外は禁じていないので、こうやって隙《すき》を見ては頬や目元なんかにキスしてくるのよね。

「わかったわ、次からは、中で待つようにするわね」

「ああ、是非そうしてくれ――」

唇に不時着しようとした彼の唇を、指先で止める。

「もしかして、仕事中途半端なんじゃない？　キリのいいところまで、終わらせてね」

「そうか？　すまない、実は急ぎの仕事があって」

彼にエスコートされて建物の中に入る。

彼が一人で使っている執務室には、書類とファイルが出しっぱなしになっていた。

きっと外に私を見つけて、大慌てで出てきたんだろうなぁ。悪いことをしてしまった。

ソファに座ってお茶をいただいて授業の復習をしながら、立派な執務机に張り付いて書類を片付けている彼を盗み見る。

眼鏡の向こうの伏せた緑の目、凜々しい顔立ち、逞しい背を少し丸めて書類を読む様子、大きな手が書類にペンを走らせる。ここからでは見えないけれど、その文字がとても綺麗《きれい》なことも知っている。

はぁ、カッコイイ。

あんまりじっくり見ていたせいか、不意に彼の視線が上がり、私の視線とぶつかった。

ちょいちょいと彼に指で呼ばれる。

何かしら？

執務机を回り込んで近くまで行くと、彼の腕に腰を引き寄せられ、がっしりとした彼の太ももの上に座らされた。

「ちょっと休憩《きゅうけい》。レイ成分が、足りなくなった」

彼はそう言って片手で眼鏡を外すと、私を緩《ゆる》く抱きしめて肩口に顔を埋《うず》めて深呼吸する。

「じゃぁ、私もディ成分を補給しなきゃ」

彼の背中に手を回して抱きつき、すぐ側《そば》にある彼の唇に、チュッとキスをした。

「……足りない、もっと」

顔を上げた彼が、うっとりと目を細めてリクエストをしてくる。

色気がダダ漏れの彼に誘われるように、もう一度唇を重ねると、離れようとしたタイミングで彼の腕に力が入る。

散々キスを繰り返し、私がぐったりした頃にやっと解放された。

「これで、あと一息頑張れそうだ。ありがとう、レイ」

「……どういたしまして」

横抱きでソファまで運ばれて、最後にもう一度キスされた。

それからは、本当に私成分を補給したからか、さっきまでより断然早く仕事をこなした彼は、今日の仕事は終わらせたと別室で仕事をしている他の職員に伝えて、帰り支度を済ませた。

「随分待たせてしまった、すまない」

「授業の復習ができたし、なによりディの仕事の様子を見れてよかったわ。働いているディも、とてもかっこよかったもの」

私の言葉に、彼は私を抱き寄せて唇にキスをする。

「それならよかった。私も真剣に勉強しているレイを見れて、よかった」

「そう？　勉強してるところなんて家で……そっか、見ることはないわね」

勉強するときは部屋で一人だわ。

「レイがよければ、時々ここで勉強していかないか？」

彼の提案は前向きに検討することにして、帰路についた。


『オコノミヤキ、ハジメマシタ』

手にした一枚の紙に、一行だけ書かれていた。

「行くのか？」

嫌そうなバウディには悪いけれど、行くわよ。

「とうとうお好み焼きソースが完成したってことね、これは、食べに行かなきゃだわ」

あの店は大衆食堂なので、今回は服装もそれに合わせるわよ。バウディもいつものきっちりした服ではなくて、旅行をしていたときのようなちょっとワイルドな服だ。

私も髪をあっさりとポニーテールにまとめ、ちょっとバウディとのお揃《そろ》いを意識したワンピースにベストを合わせる。

杖《つえ》は目立つので置いていき、バウディの手を借りることにする。

「お嬢様、料理人のカードが、是非自分も食べてみたいと」

出がけにボラに言われて、頷く。

「わかったわ、お土産《みやげ》を買ってくるわね。駄目だったら諦《あきら》めてね」

厨房《ちゅうぼう》に聞こえるように声を掛けると、ドアの隙間からにゅっと手が出てきてひらひらと振られた。最近はこうして手でリアクションをしてくれるようになったので、少しは距離が近づけている気がする。

「じゃぁ、行ってきます」

「お気を付けて、行ってらっしゃいませ」

ボラに見送られ、バウディと一緒に家を出た。

「ふふっ、こうやって手を繋《つな》ぐなんて、はじめてじゃない？」

「そうだな。歩きにくくはないか？」

「平気、ディがゆっくり歩いてくれるから」

彼女の勧める大衆食堂は平民街の真ん中あたりなので、早めに出たのについたのは昼食の時間を随分過ぎた頃だった。

「お腹がすいたでしょ？　やっぱり馬車を使えばよかったわね」

「いや、レイが疲れてないなら、それでいいんだ。俺はこうして、レイと歩いている時間のほうがいいから」

一人称が俺なんて、いつぶりかしら。最近は全然聞いていなかったから新鮮だわ。

店の中に入ると、店内はソースのいい香りが充満していた。

「いらっしゃいませー！　あっ！　レイミ様っ」

入店と同時に私に気付いたミュール様……ミュールさんが、凄《すご》い勢いで近づいてきた。

「もうもうっ！　寿命が縮んだじゃないですかぁっ」

至近距離で小声で文句を言う彼女から、バウディが無言で私をうしろに下げる。

彼の無言の威圧に彼女は呻《うめ》いて、それ以上の文句は飲み込んで席に案内してくれる。

混雑する時間帯が終わったらしい店内だけど、それでも半分は席が埋まっていた。

「王宮に連れて行かれるなんて、聞いてませんよぉっ」

外聞が悪いことはわかっているのだろう、お水を置きながら小声で文句を言う。バウディの険しい視線があっても文句を言うってことは、かなり腹に据えかねたのね。

「ここにいるってことは、悪いようにはされなかったんでしょ？」

「ううっ……それはそうなんですけれどもぉ」

犯罪者として捕まったわけではなく協力要請であり、報酬もしっかり出たし二日間の事情聴取は、食事は勿論のこと、お茶もお菓子もあって素晴らしい待遇だったそうだ。

「でも、それならそうと、一声掛けてよねっ。今度こそ捕まるかと思って、辞世の句まで作っちゃったじゃないですかぁ」

涙目で訴えられてしまった。

死まで覚悟したのだとしたら、確かにちょっと申し訳なかったわね。

「お礼もいただいたんでしょ？　弟さんたちに、好きなだけおもちゃを買ってあげればいいじゃない」

「家まで買える金額でしたよっ、スケールが違いすぎて引くわ。ゲームの情報を洗いざらい話しただけであの金額をポンと出すとか、王族って半端ない」

遠い目をする彼女に、苦笑いする。

「それだけ有用な情報だったからに決まってるでしょ。口止め料込みって言われなかった？」

「当たり！　すっごい念を押されました」

でしょうねぇ。

「でも、仕事は辞めないのね」

私の言葉に、エプロン姿の彼女は肩を竦《すく》めて笑う。

「折角こんなに健康な体があるんだもん、使わなきゃ勿体《もったい》ないじゃないですか。それに、日本食無双だって、まだ全然できてませんしー。それでお二人も、勿論お好み焼きですよね？」

「ええ。あ、帰りに一つお土産にできるかしら？」

「できますよー。頼んでおきますねー」

私が頷くのを確認して、彼女がオーダーを伝えにいく。

「健康な体……？　そういえば、あちらにいた頃の彼女のこと、知ろうと思ったことなんてなかったわ」

そう呟《つぶや》いた私の手が、大きな手に捕らわれる。

「彼女なら、言いたければ自分から言うだろう」

彼の言葉に、「それもそうね」と納得しているとすぐにお好み焼きを三つ持って、彼女が戻ってきた。

またこのパターン？　バウディが嫌そうな顔をしたが、彼女は気にせずに空いている席に座る。四人がけの席で、バウディから一番遠い席に座る分別はあるのね。

「実はわたしもお昼まだなんです。一緒に食べてもいいですよねっ？」

「あなたは変わらないわね、そのマイペースなところ」

私の答えに、彼女は照れくさそうに笑った。褒《ほ》めてないわよ？

「本当はお箸《はし》がいいと思うんだけどさ、使いにくいって却下されちゃったから、ナイフとフォークで食べてくださいねー」

お好み焼きをナイフとフォークで食べる。

「再現率が素晴らしいわね」

一口食べて驚いた私に、彼女はにこにこしてピースサインを作った。

「軍資金が手に入ったから、いろんな食材を試しまくったんですよ。やっぱりお金って大事ですねぇ」

しみじみと言う彼女に、それは本当にそうねと同意する。

夏期休暇の旅行だって、母からのお金がなければあんなに楽しめなかったと思うもの。

「あ、勿論ほとんどのお金は家に入れましたよ？　わたしの分ってことでもらったお金を、つぎ込んでるだけですからねっ」

言い訳をする彼女に、苦笑する。

「そんなこと心配してないわよ。でも、自分のお金を、このお店に使ってよかったの？」

「いいのいいの。だって、このお店が流行《はや》れば、わたしのお給料だって上がるじゃないですか」

あっけらかんと言う彼女に、首を傾げる。

「そういえば、さっきもこのお店を辞めないって言ってたわよね」

「辞めないですよー。だって、日本食無双だって、まだまだはじまったばかりだし。それに折角健康な体があるんだから、使わないとね」

「……それは、私への当てつけじゃないでしょうね？」

じろりと睨《にら》むと、彼女は慌てて首を横に細かく振った。

「違いますっ、元のわたしのことですよぅ。あっちのわたしは先天性の病気で、学校になんか一度も行ったことがないし。だから魔法学校で友達百人作りたかったんだ。それに――」

チラリと私を見て、言いにくそうにお好み焼きを崩す。

「それに、なに？」

「ほら、レイミ様も足が……アレですよね？　だから、余計に友達になりたかったの。あなたの気持ちがわかるのは、わたしだけだって思ってたから」

言いにくそうに口にした彼女に、苦く笑う。

「同病相憐《あいあわ》れみたかったのね」

「うん？　うん、多分、そのどーぴょーってやつだと思います。だからレイミ様が、全然自分の境遇を悲観してなくて超前向きで、義足まで作って、成績も凄くて――がっかりしたんだと思うの」

彼女の手元で、一口大のお好み焼きが量産される。

「ゲームの通りなら、暗くて、すぐ他人を呪って、うじうじして、泣いてるばっかりの人だったのに。全然違うんだもん」

切り分けたお好み焼きをひとつ食べて、ハァと肩を落とす。

「絶対仲良くなれると思ってたの。だって、わたしが仲良くならないと、彼女は他に仲良くしてくれる人なんていないんだから――そうじゃなかったときに、気付けばよかったんだよね、きっと」

パクパクと、切り分けたお好み焼きを口にしてから、溜め息を吐いた。

「どうして、この世界がゲームだって思っちゃったんだろうなぁ」

「それこそ、あなたが前に言っていた『強制力』というものなんじゃないの？　私にはわからないけれど」

私の言葉に、彼女は顔を上げて思案顔になる。

「そうなのよね、レイミ様にはわからなかったのよ。それが大事だったのよねきっと。でもなんで、レイミ様がレイミ様になったのかな……わたしとアーリエラ様は、ゲームの知識があったからじゃないかなって思うけど。レイミ様は、ゲームなんて知らなかったのよね？」

「ええ、全然。だけど、私たちがこうなった理由って、答えが出ない問題じゃない？　考えるだけ、無駄《むだ》じゃないかしら？」

私の言葉に、彼女はキュッと顔を顰《しか》める。

「ほら、そういうところっ。そういう割り切りのいいところとかが、わたしたちと全然違うのよねっ。――わたしとアーリエラ様も、そうやって考えればよかったんだよね、きっと」

彼女のしみじみした言葉に同意もできなくて、お好み焼きの最後のひとかけらを口に運んだ。

「そうだ！」

彼女はパッと顔を上げると、にんまりと私を見た。

「な、なによ？」

「実は、資金力を駆使して、スパイスを集めてるんですよ！　絶対にカレーを作ってみせるから、また食べに来てくださいねっ！」

グッと親指を立てて言った彼女に、さっきまでのしんみりした空気はなんだったのかと……。

「クミン、コリアンダー、ターメリック、レッドペッパー、ガラムマサラ、カルダモン、オールスパイス、クローブあたりがあるといいわね」

すらすらと出てくるそれらは、こちらの世界にもあるものだ。

「えっ、えっ、ちょっと⁉」

慌ててメモ帳を取り出して書きだす彼女を置いて、バウディと一緒に店を出る。

勿論、料理人のカードに頼まれていたお土産も忘れないわよ。

「思ったよりもうまかったな」

お土産を持ってくれながら言う彼に、頷く。

他の客も大半が新作のお好み焼きを食べている。

もしかすると、ミュールさんは本当に日本食無双をしてしまうのかも。

なんだかんだいって、逞しく生きている彼女に負けないように、私も頑張らなくてはね。

「新作が出たら、また付き合ってくれる？」

彼に問えば、微苦笑しながら頷かれた。

多分彼の脳裏にも、次のときも何食わぬ顔で一緒の席に座るだろう彼女が目に浮かんだんだろうな。

彼女とはなんだか、ずるずると腐れ縁が続きそうな予感がするんだけれど……きっと、気のせいよね？

番外編二　謳歌

あの夏の旅から戻《もど》り、バウディが隣国の爵位を得て私と婚約し——彼は実質、我が家の家族となった。

私の一日は、ベッドの上に座って静かに呼吸を整えて魔力循環をすることからはじまる。ほんの十分ほどだけど、これをするのとしないのとでは、一日の魔力の調子が違うのよね。

そして義足を装着して制服に着替え、ドレッサーの前で髪を整えて身支度をする。

終わった頃合いで部屋のドアがノックされ、ドアを開けに行く。

「おはよう、レイ」

ドアの前に立つのはバウディで、今までもこうして毎朝部屋まで起こしに来てくれていたけれど、少し変わったこともある。シンプルな従者の服ではなく、華やかな刺繍《ししゅう》の入ったスーツ姿で男っぷりが上がっているのだ。

「おはようございます、ディ」

一歩部屋に下がると、一歩だけ部屋に踏み込んだ彼が私の唇にさっとキスを落とし、すぐに廊下に戻る。

今までは平気で部屋に入っていたのに、最近の彼はこの一歩以上部屋に入らなくなった。

「そこは、けじめだ」

そういえば前に、部屋でキスをしたら止まらなくなるとかなんとか。……いやいやうん、結婚するまではね。

彼と一緒にダイニングへ向かうと、テーブルで朝食の準備をしているボラが、手を止めてこちらを向く。

「おはようございます、お嬢様、バウディ様」

ボラも、すぐにバウディの立場を受け入れてくれた。曰《いわ》く、元々平民ではないのは察していたとのことで、いつか私のお婿《むこ》さんになるのではないかと予想していたそうだ。

だから、帰ってきて両親の次に彼女に伝えれば、彼女は母と同じようにあっさりと納得して喜んでくれたのよね。

笑顔で迎えてくれたボラに挨拶《あいさつ》を返して、食卓を整えていた彼女に近づく。

「ここは私たちがやっておくから、ボラはお母様の手伝いをお願いね」

「ありがとうございます、お嬢様」

いつものように作業を引き継ぐ。元々三人しか雇っていなかったので人数がカツカツで、ボラと料理人のカードだけでは家は回らないのよ。

そもそもカードは厨房《ちゅうぼう》から出てこないので、戦力にならないし……。

というわけで、貴族にはあるまじきことかもしれないけれど、私とバウディも手伝えることは積極的に手伝うようにしている。

両親も微笑《ほほえ》ましそうに私たちを見ることはあっても、止めることはない。

私がテーブルにカトラリーを準備するあいだに、バウディが厨房から朝食を持ってきてくれる。

いままで三人だけだった食卓には、もうひとつ席が増えた。

最初は私も彼も慣れずに戸惑っていたんだけれど、母が当たり前のようにバウディの席を用意して彼を座らせるので、いつまでも照れているわけにもいかなくて。一週間も経《た》てば、バウディが隣にいることが当たり前になっていた。

「今日のご飯は何かしら？」

「旬の蒸し野菜のお好み焼きソース掛けと、ゆで卵、あとはパンですね」

バウディの言葉に、思わず聞き返してしまった。

「お好み焼きソース？　本当に？」

「ああ、味見したら、本当にあの味だった」

味見したのね！

ソースの入っている容器の蓋《ふた》を開けると、濃厚な香りがあふれてくる。ああ、確かにあの匂いだわ、食欲がそそられてお腹《なか》が鳴りそう。

「カードは凄《すご》いわ。もうお好み焼きソースを再現しちゃったのね。ミュールさんには、絶対言えないわね」

「それは、そうだな」

バウディも同意してくれる。

ミュールさんが心血を注いだソースは、料理人であるカードにお土産《みやげ》として持ち帰ってから数日で、食卓に上るようになってしまった。

人見知りで、人前に出られないっていう弱点がなければ、王宮でも働けるだけの腕があると思うのよね。

「カードなら、この調子でたこ焼きもできないかしら」

「タコヤキ?」

バウディに聞き返されて、頷く。

「ええそう、まぁるく焼いた食べ物なの。外はカリッと中はとろっとしてて、仕上げにソースとマヨネーズなんかを掛けて、熱々のうちに食べるのよ」

薄ぼんやりとした記憶を思い出しながら語っていると、部屋に入る入り口のうっすら開いたドアの隙間《すきま》から、微《かす》かにボソボソとした低い声が聞こえてきた。

「……しく……く、……しく、くわ、しく……」

ドアの縁を掴《つか》んだ手が、木製のドアをミシミシいわせている。

一瞬ホラーかと思ってゾクッとしたけれど、呟《つぶや》く言葉が「詳《くわ》しく」と聞き取れたところで、ホッと肩の力が抜けた。

「もしかして、カード?　なに?　どうしたの?」

我が家のレアキャラである、料理人のカードの出現に驚きを隠せない。

思わずドアのほうへ向かいかけた私を、バウディが手で止めた。

「少し待ってくれ。聞いてくる」

バウディがカードに話を聞きに行くのを、ちょっとドキドキしながら見守る。

廊下に出たすぐそこで、ぼそぼそと会話しているのが聞こえるけれど、会話の内容まではわからない。

すぐに会話を終えたバウディが戻ってきた。

「レイ、カードがいまの料理について、詳しく聞かせてほしいそうだ」

「詳しいこと……。丸い食べものってことはわかるんだけど、詳しくとなると、ちょっとわからないわね。例のあの食堂でいつか販売されると思うから、そのときに買ってくるわ」

私の答えに、ガタッと廊下で音がした。まるで、頽《くずお》れて、膝を突いたような音ね。

「そ……な…………」

呆然《ぼうぜん》とした声に申し訳なくなるけれど、本当に思い出せないいんだから仕方ないわ。

「きっと、ミュールさんなら再現してくれると思うから、それまで待ってて」

「…………くぅっ！」

悔しそうな呻《うめ》き声の後に、とぼとぼと足音が去っていった。

そして入れ替わりのように、父と母とボラが入ってくる。

「珍しいねぇ、彼が厨房から出てくるなんて」

父が廊下を気にしながら、苦笑する。

人見知りなカードに配慮して、いままで来るのを控《ひか》えていたんだろう。

「おはようございます、お父様、お母様」

「おはよう、二人とも。あら、美味《おい》しそうな匂いね」

食欲をそそるソースの香りに、母が微笑んだ。

蒸し野菜のお好み焼きソースかけは、あまり野菜を好まない父もしっかりと食べていたので、かなり好みの味だったのだと思う。

母は濃い味付けが苦手なので、少しずつつけて食べていた。嫌いではないようだけれど、少量でいいみたいね。

バウディも父と同じように、しっかりソースをかけている。以前も彼と外で食事をしたときに思ったけれど、彼の食事の所作はとても静かで滑《なめ》らかなのよね。

王子様だったから、そういう教育もしっかりされているのかしら？　所作に品があって美味しそうに食べるから、一緒に食事をするのも楽しいの。

「でも、できればマヨネーズも一緒に出してもらえれば、途中で味を変えられるのに」

「そういえば、お好み焼きにもマヨネーズが掛かっていましたね」

私のぼやきにバウディが答えるのと同時くらいに、廊下を走る音が遠ざかる。

カードったら、いつの間に廊下に舞い戻っていたのかしら。

控えていたボラが苦笑して廊下へ出て、バタバタした足音が戻ってきたあとに、瓶《びん》に入ったマヨネーズを持ってきてくれた。

「どうぞ、お嬢様」

「ありがとう」

ボラからマヨネーズを受け取り、大急ぎで持ってきてくれたカードに感謝しながらソースの上にスプーンで落とす。

ゆで卵も野菜とソースに合うわ、パンもふんわり焼かれていて美味しいし。

カードのお陰で美味しいものが食べられて、本当に毎日が幸せだわ。

＊・＊・＊・・＊・・＊

『たこ焼き器を作れそうな職人に声を掛けておきました。興味がありましたら、下記住所をご訪問なさいませ。

レイミ・コングレード』

簡単なメッセージを封筒に入れて、宛名にミュールさんの名を書き込んで封をする。

お金や設計図は自分でどうにかするだろう。ボンドの伝手《つて》で知り合った鋳物《いもの》職人さんは、若干《じゃっかん》堅物だけど悪い人ではないので、誠意と熱意で口説いてほしい。

完成したら連絡をくれると思うので、私は座して待つのだ。

「レイ、支度はできたか？」

ドアをノックして声を掛けてくるバウディに、封筒を鞄《かばん》に入れて机に立てかけてある杖《つえ》を掴んだ。

既《すで》に身支度は済んでいるけれど、もう一度姿見で制服姿を確認してから部屋を出る。

「お待たせしました。遅くなってごめんなさい」

「待ってはいないさ」

バウディに杖と鞄を取り上げられ、差し出された腕に手を掛ける。

こうしてくっついて二人で登校するのは最初は恥ずかしかったけれど、最近では慣れてしまった。それは私だけでなく、登校が同じ時間帯の他の生徒たちも同じだ。

明らかに大人の男性と登校して浮いているのに、もう誰も気にしない。若い人たちは、順応力が高くて助かるわ。

早めの時間帯に、二人でゆっくりと学校に向かう。

お喋《しゃべ》りをする日もあれば、無言で歩く日もあるけれど、どちらにしても彼の隣は居心地がいいのよね。

「今日は早めに終わるから、ディのところに寄っていい？」

「迎えに来なくて大丈夫か？」

「もう何度も一人で職場まで行ってるじゃない。迷子にもならないし、道草も食わないわよ」

過保護な彼を笑い飛ばし、到着予定時間を伝える。

「迎えに行くのも楽しみなんだぞ」

彼が少し拗《す》ねたように言う。

「あら、私もあなたの仕事姿を見るのが楽しみなのよ？　眼鏡をして書類を片付けているディも、凄くカッコイイもの」

全体的に筋肉質でがっしりとした体格に合ったスーツに、眼鏡を掛けることでインテリ要素が加わって最高なのよね。

そんな彼の姿を脳内で再生していたが、ふとバウディを見上げると、わずかに頬を赤くして照れているのがわかる少し不機嫌っぽい表情になっていた。

「ふふっ、照れているディも、可愛《かわい》くて好きよ」

最近習得したウィンクをすると、彼がハァと溜《た》め息を吐く。

「あまり揶揄《からか》わないでくれないか？　直接口で、その唇を塞《ふさ》ぎたくなる」

わざわざ耳元に口を寄せて囁《ささや》かれて思わず後退《あとずさ》るけれど、彼の肘《ひじ》に掛けていた手をギュッと脇に挟まれて逃げられない。

「い、以後気をつけますっ」

「気をつけなくてもいいんだが？」

さっきまでの優勢が既に劣勢に！

余裕の表情で私を見下ろす彼に、逃げていた体を戻して彼の肘に手を掛け直す。

「意地悪ね」

彼から顔を背《そむ》けて呟けば、彼は喉の奥で笑った。

拗ねた態度のまま学校に到着してから、通学生の邪魔にならない校門の脇で彼に向き合い、杖と鞄を受け取る。

「バウディ、気をつけて行ってらっしゃい」

彼を見上げ、笑顔で見送る。

拗ねたのは単なるアピールだし、彼に気持ちよく仕事に行ってもらうほうが重要だ。

「ああ、行ってまいります」

掠《かす》め取るように頬にキスをしてから仕事場に向かう彼を、数秒見送ってから踵《きびす》を返して校門をくぐる。

「おはようございます、レイミ様。今日も仲がいいですね」

後ろから追いついてきたマーガレット様がにこにこと朝の挨拶をする。

「おはようございます、マーガレット様。近くにいたのなら、声を掛けてくださればいいのに」

「魔獣に蹴《け》られたくはありませんもの」

そこは馬ではないのね。

「レイミ様、今日の実技の授業ですけれど、私、是非やってみたいことがありまして――」

実技が大好きな彼女の提案を聞きながら、校舎へと向かう。

「あ、マーガレット様ちょっと待って、手紙を出してくるわ」

ホールの脇にある事務室に手紙を頼みに行く。ポストはないけれど、王都内ならどこにでも配達してくれる仕組みがある。

ふふっ、これで遠くない未来に、たこ焼きが食べられるわね。

「随分楽しそうね、レイミ様」

そう言う彼女も、にこにこ楽しそうだ。

「ええ、とっても！」

ミュールさんから連絡が来たら、マーガレット様を誘って食べに行くのもいいわね。勿論《もちろん》カードへのお土産も忘れないわよ！

「やぁ、二人とも、おはよう」

大階段を上がったところで、朗《ほが》らかに声を掛けられた。

「おはようゴザイマス、生徒会の皆さま」

「おはようございます」

片言で挨拶をしてさり気なく私よりうしろに下がるマーガレット様に戸惑いつつ、私も挨拶をする。

彼女は生徒会が苦手らしいので距離を取りがちだけれど、今日はいつにも増して警戒しているわね。

「マーガレット、この間の試験の結果だが」

いつの間に近づいたのか、カレンド先輩が笑顔で彼女に話しかける。

「申し訳ありませんカレンド様、ちょっと急ぎの用事が――」

身体強化までして逃げを打つも易々《やすやす》と捕まり、笑顔の中に怒りの見える彼に連行されていく。

そういえば、とうとう赤点を取ってしまったと頭を抱えていたわね。

「あの二人は仲がいいね、君たちもだけど」

ビルクス殿下がニッコリと笑って言う。

「ええ、仲良くしておりま――」

「ビルクス殿下ぁー」

「ベルイド様ー」

少し離れた場所から、ご令嬢が数名ビルクス殿下とベルイド様を見つけてこちらに近づいてくる。貴族のご令嬢は身体強化で小走りなんてことはしないので、さほど早くはないけれどね。

「では、レイミ嬢、よい一日を」

ベルイド様が早口でそう言うと、既に逃げを打っている殿下を追って長い足で優雅に去っていった。

「レイミ様、ごきげんよう」

「ごきげんよう！」

「ごきげんよう！」

ご令嬢たちは律儀《りちぎ》に私にも笑顔で挨拶をすると、不屈の闘志で二人を追ってゆく。

「ごきげんよう」

彼女たちの背中に挨拶を返す。

私が生徒会の手伝いをしているのは知られているけれど、既にラブラブな婚約者がいることでも有名らしいので警戒の対象になっていないようだ。

アーリエラ様がビルクス殿下の内々の婚約者だったことは周知の事実だったらしく、彼女が去った今、空いた枠を狙うご令嬢の猛攻がはじまっており、ベルイド様も婚約者がいないので諸共《もろとも》に標的になっている。

ひとりになってしまったので、杖をつきながらのんびりと階段を上がる。

ゆったり歩きながらふと気付いたんだけど――私、きっともうアーリエラ様のいう『ゲームの世界』を抜けたんだわ。

聞かされていた悲惨《ひさん》な未来もなくなったし、大好きな人と婚約もした。両親たちも笑顔で元気、我が家は安泰《あんたい》！

学校の授業も楽しいし、生徒会に入れられそうなのはちょっと不本意だけど、生徒会の仕事自体は嫌いではないから目を瞑《つむ》ろう。

この学校に入学した日に感じていた不安はもうない。

階段を上る足を止めて、大きな窓から見える晴れ渡った空を見上げる。

これからも、私は私の生きたいように生きるだけ。

レイミとしての人生を、思いっきり謳歌《おうか》してやるんだから！

鞄を持っているほうの手を天に突き上げ気合いを入れて、残りの階段を駆け上がった。

あとがき

この度は、『中ボス令嬢は、退場後の人生を謳歌する（予定）。2』を手に取っていただき誠にありがとうございます！

無事にこの巻を出すことができて、とても嬉しいです、とても嬉しいですっ！

そして！　この本の帯にもありますように、この作品がコミカライズされます！

夢だったコミカライズに、はじめはなんだかふわふわした心地でした。

コミカライズの作家様が決まり、ネームを拝見することで、実感が出てきております。（嬉しくて脳みそがパーンてなる）

とても素敵な作家様なので、絶対に期待を外しませんよ。いや、むしろ小説とは違う旨味をドバーッと出してくださってるので！　本っ当に最高ですから！

小説を書いててよかったと、心から思います。（しんみり）

ところで最近……というか、もうずっと運動不足で、時々散歩をするのですが、散歩をするとその後数日間疲労感に打ちのめされます。

回復力が格段に落ちており、もうどうすればいいのやら。近所にある大型スーパー内を歩くのすらダルいので、コンパクトなスーパーを利用するようにしているくらいです。（もう駄目だ……）

若い頃からの運動習慣はとても大事ですね、一度落ちた体力を戻すのはかなりキツいですから！　（心の叫び）

どこへ行ったんだろう、私の筋肉と体力……。（多分脂肪にジャンル替えした）

実は来週頭に健康診断がありまして、貧血は致し方ないにしても、それ以外は引っかからないことを祈るばかりです。いや、貧血もよくないので、決戦日まで鉄分をしっかり摂取するようにしなければと思っております。

私の趣味のひとつに『献血』があるのですが、しばしば事前検査で数値が足りなくて献血ができず悔しい思いをしているので、今年下半期の目標は『献血で門前払いされない健康な血を作る』でいこうと思います。

ちなみに、献血は十六歳から可能です。わりと最近知りました。

ラブラッドという献血サイトがあって、そこで自分の実績が見れたり、予約ができたりします。献血をすると献血の種類に応じてポイントが貯まり、商品と交換できるようになるシステムもあり、先日は食品保存容器もらいました。

献血ではポイント交換だけでなく、時々キャンペーンをやっていて、アニメとかとのコラボもあるので要チェックなのです（献血できない期間（四百ミリ献血すると半年献血ができない）と被ってて、涙を呑むことが多々あります）。

献血に行く前日は野菜を多く食べるようにして（一夜漬けでは意味がないけど、気分の問題です）夜は七時間睡眠を目標に早めに寝て（睡眠は大事）、朝食はしっかり食べて（コレも大事）、水を多く飲むようにするなど――なんか、私、本当に献血好きだなと再確認しました。

因みに、献血中はポジティブな気分でいると早く抜けるような気がします。

いつも献血しながら「私の血を使った人は、全員漏れなく元気になあれ！」と思っています、きっと思いは通じるはずです。みんな元気になあれ！

さて、最後になりましたが。素敵なイラストを描いてくださったShabon先生、本当にありがとうございました！　そのイラストを生かしたデザインをしてくださるデザイナー様、文章のチェックをしてくださる校正様、本という形を作ってくださる印刷所様、なによりこの本の刊行を決めてくださった一迅社様、多くの方の力を集結していただき本当にありがとうございます！

そして、二人三脚で作ってくれた担当様、本当にいつもありがとうございます！

そしてそして！　本は読まれることで『本』になるわけで、最後の総仕上げとして読んでくれる皆様があって、この本が完成となりました。心からお礼申し上げます、この本を読んでくださって、本当にありがとうございました！

こる

中《ちゅう》ボス令嬢《れいじょう》は、退場後《たいじょうご》の人生《じんせい》を謳歌《おうか》する(予定《よてい》)。2

2022年9月1日　初版発行

初出……「中ボス令嬢は、退場後の人生を謳歌する(予定
　　　　小説投稿サイト「小説家になろう」で掲載

著　者■こる

発行者■野内雅宏

発行所■株式会社一迅社
〒160-0022
東京都新宿区新宿3-1-13
京王新宿追分ビル5F
電話03-5312-7432(編集)
電話03-5312-6150(販売)

発売元：株式会社講談社
(講談社・一迅社)

印刷所・製本■大日本印刷株式会社

DTP■株式会社三協美術

装　幀■今村奈緒美

ISBN978-4-7580-9484-9

●この作品はフィクションです。実際の人物・団体・事件などには関係ありません。

この本を読んでのご意見
ご感想などをお寄せください。

おたよりの宛て先

〒160-0022
東京都新宿区新宿3-1-13
京王新宿追分ビル5F
株式会社一迅社　ノベル編集部
こる 先生・Shabon《シャボン》 先生

一迅社文庫アイリス

幸せを掴むために悪戦苦闘する令嬢の逆境ラブファンタジー！

『中ボス令嬢は、退場後の人生を謳歌する（予定）。』

ある夜、社会人として働いていた麗美華は、突然、伯爵令嬢レイミになっていた！　どうやら、片足を失う原因となった傲慢な侯爵子息と婚約させられ、従者のバウディとの結婚を邪魔されたことで絶望したレイミと、入れ替わってしまったらしい……。しかも、ここは「乙女ゲーム」の世界で、彼女は中ボスという微妙な立場にも立たされていて⁉　なんなのこの理不尽！　嫌な婚約も中ボスになる運命も、全部吹っ飛ばしてやる‼

著者・こる
イラスト：Shabon